Gabriele Böing

Der Fluch des mächtigen Schlangensteins

Impressum

Bibliografische Information der Deutschen
Nationalbibliothek:
Die Deutsche Nationalbibliothek verzeichnet diese
Publikation in der Deutschen Nationalbibliografie;
detaillierte bibliografische Daten sind im Internet über
http://dnb.dnb.de abrufbar.

3. Auflage

© 2020 Gabriele Böing

Herstellung und Verlag: BoD – Books on Demand,
Norderstedt

ISBN: 978-3-7504-8177-0

REISEROUTE MOTORADDTOUR DURCH TASMANIEN

- **Donnerstag**: Abflug Frankfurt-Hobart
- **Freitag**: um 7:00 Uhr Ortszeit in Hobart
- **Samstag**: Besichtigung des Mount-Field-Nationalparks und Übernachtung in Hobart
- **Sonntag**: Besichtigung der ehemaligen Gefangenensiedlung Port Arthur, Übernachtung in Hobart
- **Montag**: Fahrt nach Strahan, Besichtigung des Lake St. Clair National Parks
- **Dienstag**: Motorradtour am Arthur River entlang zur Kleinstadt Waratah, Übernachtung im Zelt in Waratah.
- **Mittwoch**: Reise nach Stanley,
- **Donnerstag**: Fahrt nach Devonport, Besichtigung des Tiagarra Aboriginal Cultural Centre and Museums
- **Freitag**: Fahrt am Tarma River entlang bis Launceston, Übernachtung in Scottsdale
- **Samstag**: mehrstündige Motorradtour am »Bay of Fires« entlang zum Freycinet-Nationalpark
- **Sonntag**: Fahrt nach Hobart und Rückflug nach Frankfurt

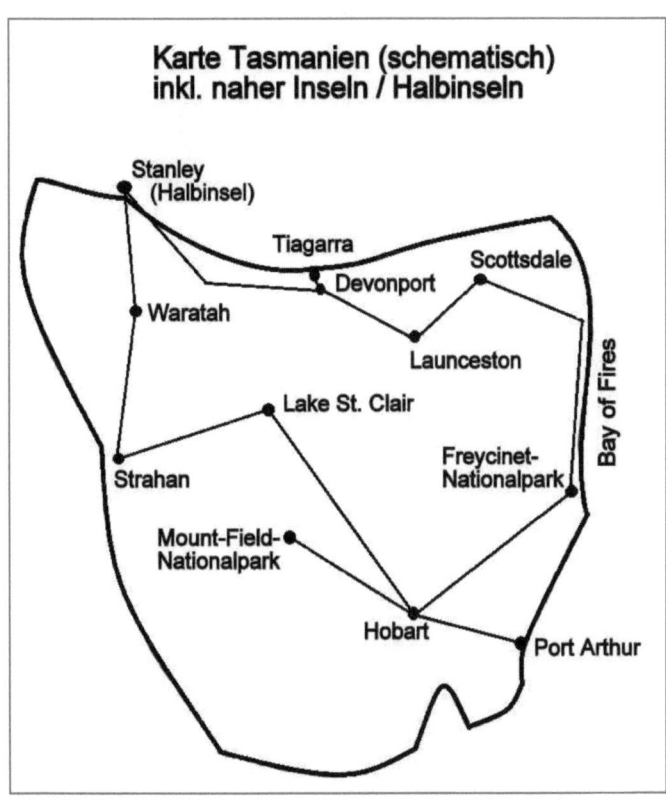

Karte Tasmanien (schematisch) inkl. naher Inseln / Halbinseln

Stanley (Halbinsel)

Tiagarra

Scottsdale

Devonport

Waratah

Launceston

Bay of Fires

Lake St. Clair

Freycinet-Nationalpark

Strahan

Mount-Field-Nationalpark

Hobart

Port Arthur

DER FLUCH DES MÄCHTIGEN SCHLANGENSTEINS

Voller Wut, durchsetzt mit Verzweiflung, schleuderte Chris seinen Bleistift gegen die Bürowand. Warum nur hatten seine Eltern ihm dies angetan? Wieso war er nicht stark genug, sich dagegen zu wehren?

Der leichte, hölzerne Griff prallte mit einem dumpfen »Klöck« von der weißgestrichenen Raufasertapete der Wand ab. Er fiel einen Meter weiter auf den dunkelblauen Industrieteppich. Chris wusste, dass dieser Bleistift nun wegen der gebrochenen Mine in seinem Inneren wohl kaum noch zu benutzen war. Das friedliche unterwürfige Verhalten des Stiftes auf diesem robusten Teppich steigerte Chris' Wut weiter. Aber auch sein schlechtes Gewissen plagte ihn. Chris war alles andere als zufrieden mit seinem Leben. Als ehrgeiziger und erfolgreicher Controller hatte er es mit seiner Studiumsausbildung und seinem unermüdlichen Ehrgeiz wohl zu einer Leitungsstelle im Controlling gebracht, worüber er aber insgeheim nur lachen konnte. Er hatte zwei weibliche Untergebene in Teilzeit, die wegen ihrer Kinder zu Hause nie länger arbeiten konnten. Es war nur eine raffinierte Geste gewesen, Chris zum leitenden Controller zu machen, denn er wurde damit letztlich nur zu mehr Verantwortung und unzähligen Überstunden befördert. Die damit verbundene geringe Gehaltserhöhung hatte eher einen symbolischen als einen materiellen Wert.

Chris' ausgeprägtes Pflichtbewusstsein und die einprägsame Erziehung seiner Eltern dagegen hatten ihm sofort signalisiert, dass er jetzt auch zu Hause Bücher zu wälzen, Seminare und Fernlehrgänge zu besuchen hätte, um Erfolg zu haben. Erfolg! Er hatte dafür alles verloren oder nie gehabt, was für ihn Glück und Spaß bedeutete, nur um inneren

Frieden zu finden. Seinen Erfolg schätzten seine Eltern und auch er nicht als besonders beachtenswert ein, die Ersparnisse auf dem Konto waren gering und er sah momentan keine Chance, dies alles weiter zu mehren. Er wollte es auch nicht, er wollte auch mal leben und Vergnügen empfinden. Chris wünschte sich, hier und jetzt den Sinn darin zu sehen und zu spüren, wofür er sich täglich im Büro so quälte und sich ein lockeres Leben versagte. Aber er wollte auch nicht in der Gewissheit leben, verdammt zu sein. Wie hatten ihm seine Eltern bloß so ein religiöses Erbe mitgeben können?

Seine Wut und seine Verzweiflung übernahmen wie so oft die Oberhand in Chris. »Warum macht mir jeder mein Leben schwer?« Seine Stimme überschlug sich, als er ebenfalls das cremefarbige Radiergummi mit voller Kraft an die Wand warf. Es sprang mit halber Geschwindigkeit ab und hoppelte nochmals über den Boden, bis es nahezu fröhlich in der

Nähe von Chris' Schreibtisch auf dem Teppich liegen blieb. Es erfüllte ihn ein unbändiges Verlangen, seinen Schreibtisch und alles, was sich darauf befand, zu zerschlagen.

Aber Chris beherrschte sich, wenn auch nur mühsam. Es war bereits 9:00 Uhr abends und er saß noch immer im Controllingbüro - wie so oft seit langer Zeit. Die Erstellung der jährlichen Jahresbudgets stand in seiner arbeitgebenden Firma wieder an. Nur gerade jetzt konnte sich Chris kaum konzentrieren.

Aufstöhnend ging er zur Kaffeemaschine, in der der von ihm vor Stunden angesetzte Kaffee inzwischen mit sirupartiger Konsistenz brodelte. Chris schaltete die Kaffeemaschine aus und spülte die Glaskanne aus. Es hatte keinen Sinn mehr. Heute würde Chris die erforderlichen Planzahlen nicht mehr zusammenstellen können.

Schwerfällig räumte er die Ordner in die Schränke und fuhr den Computer herunter. Er befürchtete nur, dass er sich auch am nächsten oder übernächsten Tag nicht bedeutend mehr auf die Arbeit konzentrieren können würde. Dennoch graute es ihm ebenso, nachhause in seine große, seit zwei Wochen vereinsamte Wohnung zu gehen. Chris hatte dort anderthalb Jahre mit Carina gewohnt. Jede Ecke seiner 120 Quadratmeter großen Wohnung, jeder Stuhl, jedes Bild und jeder Anblick erinnerte ihn so entsetzlich schmerzhaft an seine Ex-Verlobte. Chris hatte alles für sie getan. Warum war sie nur gegangen? Wieso hatte sie ihn dann wegen eines anderen Mannes verlassen?

Chris schnaubte verächtlich auf. Ein fünf Jahre jüngerer, arbeitsloser Maurer! Für den hatte sich Carina von Chris getrennt. Der gesamte Wohlstand, den er für sie, aber für seine eigene Beruhigung und die seiner Eltern erarbeitet hatte, war ihr offensichtlich unwichtig geworden. Er hatte viel Geld für ihre Wünsche ausgegeben und das sogar mit Freude, obwohl er deswegen häufig schlaflose Nächte voller Angst durchleben musste. Seinen ihm so wichtigen Fußballsport in einer Aufstiegsmannschaft hatte Chris sogar aufgegeben, da er an den Sonntagen an den Spielen teilnehmen musste und Carina sich währenddessen gelangweilt hatte. Zudem hatte sie keinerlei Verständnis für seine Fortbildungen gezeigt. Zur Unterhaltung von Carina war er sogar in einen Pärchentanzkurs gegangen. Dennoch empfand sie einen arbeitslosen, temperamentvollen Maurer, ihren jetzigen Geliebten, dem die Verdammnis nahezu im Gesicht geschrieben war, reizvoller als Chris. Carina war das egal, sie glaubte noch nicht mal an einen Gott. Sie verließ Chris. Und das Schlimmste dabei war, dass er nicht begreifen konnte, weshalb die Freundschaft so plötzlich zerbrochen war.

Zu allem Überfluss hatten Chris' Treue und Liebe zu Carina auch unangenehme und höchst ärgerliche Folgen im Büro. Seine Chefin und gleichzeitige Frau vom Unternehmensinhaber, für den Chris arbeitete, hatte ihr offenkundiges Interesse an einer Affäre mit Chris bekundet. Diese 40-jährige Frau Narowski war alles andere als unattraktiv und hatte schon häufig sexuelle Fantasien bei ihm hervorgerufen. Außerdem besaß sie als kaufmännische Geschäftsführerin sehr viel Einfluss und hätte Chris' Berufsleben erheblich erleichtern können. Chris hatte Frau Narowski jedoch unmissverständlich klar gemacht, dass er seine Freundin Carina über alles liebte und ein anständiger Mann wäre, der sich nicht von Sünden und Versuchungen beherrschen lassen würde. »Ich war wohl eher ein Trottel«, entfuhr es Chris, als er an diese verpasste Eintrittskarte in das Arbeitsparadies und seine verspielte Chance zum beruflichen Aufstieg dachte.

Ihm war klar gewesen, dass er sich mit der Rückweisung der ihm wohl gesonnenen Chefin eine erbitterte Feindin schuf. Er wusste schon lange, dass Frauen jede Abfuhr bitter zu rächen versuchten. Und Frau Narowski hatte die Macht und ließ keine Gelegenheit aus, ihm das Leben schwer zu machen: Überstunden, Projektarbeiten, Betriebsfahrten, Urlaubssperren, verschwiegene Informationen und Termine. Frau Narowski, die von ihrem Mann, dem erfolgreichen Unternehmer, wohl offensichtlich nicht genug Wertschätzung erfuhr, hatte sich daraufhin umgehend dem Buchhaltungsleiter zugewandt. Mit schnellem Erfolg! Er bekam zur Entlastung eine neue Ganztagsmitarbeiterin ohne Kinder und zudem zwei Gehaltserhöhungen für seinen angeblich vorbildlichen Einsatz sowie der hohen Qualität seiner Arbeitsleistung. Chris erhielt als »gerechten« Ausgleich einen Berg von den unangenehmen Buchhaltungs-Controllingarbeiten. Carina ist gegangen, die Nachteile seiner Anständigkeit und Treue blieben jedoch. Er musste tatsächlich ein Trottel sein.

Chris' Handy klingelte. Er zuckte zusammen, schickte schnell seine Gedanken wieder in die Realität und meldete sich: »Hallo?«

»Hey, Chris, alter Langweiler!« Das war offensichtlich Bennys dunkle Stimme.

»Klar, Benny. Ich arbeite noch und du willst schon wieder um die Häuser ziehen«, verteidigte sich Chris. Auch wenn sein langjähriger Freund Bernd, genannt Benny, mit dem »Langweiler« tief in Chris' Wunde gewühlt hatte, so freute er sich doch sehr über die fröhliche Ablenkung.

»Gut geraten. Und du kommst mit.«

»Ich weiß nicht so recht«, wich Chris aus, »ich bin sehr zerschlagen und ...«

»... brauchst dringend Zerstreuung. Vergiss Carina, die hat dich doch gar nicht verdient.

Und leg endlich deinen religiösen Starrsinn ab.«

»Die Zeit auf der Erde ist kurz zu dem, was danach kommt. Ich will wenigstens sicher sein, dass ich nach meinem Tod von Gott nicht mit Sonnencreme in die Hölle geschickt werde«, versuchte Chris halbherzig zu scherzen. Ihm war klar, dass seine Freunde ihn nicht verstanden.

»Mensch, Chris. Wer nicht entspannt und Spaß hat, kann auch keinen Erfolg haben. Gott hat uns mit Bedürfnissen erschaffen, willst du das leugnen? Und du leistest wohl genug, damit drei von uns in den Himmel dafür kommen können.«

»Aber mein Erfolg bleibt aus. Meine Eltern haben eine erfolgreiche Handwerksfirma und mein Bruder leitet eine große Versicherung. Und ich trete momentan auf dem Platz beruflich.«

»Hey, Chris. Wie du weißt, war ich auch Calvinist, konnte aber die Religion einfach nicht vertreten. Es ist euch doch vorbestimmt, ob ihr in den Himmel oder in die Hölle kommt. Also wofür noch anstrengen? Nur, um die Gewissheit jetzt schon zu haben? Lass dich überraschen und lebe dein Leben ohne diesen Stress! Jetzt mach dich doch nicht verrückt, Kumpel. Ändern kannst du auch als Calvinist nichts mehr. Genieß lieber dein Leben.«

Chris überlegte einen kurzen Moment. Es wäre so einfach, so entlastend, so wünschenswert, wenn er es auch so sehen könnte. Aber er würde nicht nur seinen Eltern und Geschwistern viele Sorgen bereiten, auch er würde aus Angst vor der ewigen Verdammnis kaum noch schlafen können.

»Ach, Benny. Ich weiß im Grunde schon, dass du Recht hast. Aber Erfolg und ein sparsames und arbeitsreiches Leben ist doch immer gut und ich als reformierter Christ muss auch etwas Verantwortung für meine Eltern und meine Geschwister übernehmen. Sie würden sich große Sorgen machen, wenn sie sicher wüssten, dass ich ein Nicht-Auserwählter von Gott bin.« Chris verschwieg, dass er aus seiner religiösen Erziehung und den verbundenen Ängsten nicht herauskam. Sie brodelten in ihm weiter, auch wenn sein Verstand ihn deswegen auslachte.

»Die Frauen verstehe ich sowieso nicht«, wechselte Chris daher das Thema. »Ich grüble noch immer darüber nach, was bei Carina falsch gelaufen ist.«

»Ach, du Weichei. Du hast nichts falsch gemacht.« Der überzeugte Ton von Benny tröstete Chris sehr. »Frauen brauchen Machos, keine guten und lieben Männer. Sie wollen starke Typen, denen sie sich unterordnen können.«

»Ja, Benny. Deine Freundin hat dich auch wegen eines kalten Egoisten verlassen. Was ist bloß mit den Frauen los?«, überlegte Chris laut.

»Vergiss Carina, ich habe meine Ex schon längst abgehakt. Heute machen wir beide einen ausgiebigen Kneipenbummel, lassen uns von ein paar Bierchen beruhigen und von hübschen Mädchen umgarnen. In einer halben Stunde treffen wir uns im »Eckfässchen.« Ohne eine Antwort abzuwarten, legte Benny auf. Er kannte Chris und wusste daher, dass es jetzt besser war, dem Freund nicht die Chance zu einem ablehnenden »Nein« zu lassen.

Chris räumte also notdürftig seinen Schreibtisch auf und fragte sich, warum er das überhaupt tat. Er würde morgen sowieso wieder der Erste sein, der das Controllingbüro aufschließt.

Jana wurde zur gleichen Zeit von einer Kollegin nachhause gefahren. Nach einer anstrengenden Spätschicht als Krankenschwester saß sie erschöpft und verkrampft in dem Autobeifahrersitz. Jana hätte lieber noch eine Stunde auf den gerade verpassten Bus gewartet, aber die Kollegin Nicole hatte sie an der Bushaltestelle gesehen und sie geradezu genötigt, in ihr Auto zu steigen. Nicole war eine sehr neugierige Kollegin, die vielleicht eher Journalistin hätte werden sollen. Jede ihr gegenüber im Vertrauen geäußerte Bemerkung wurde in einer bemerkenswerten Geschwindigkeit, die selbst die renommiertesten Fernsehsender in den Schatten stellte, in der ganzen Station verbreitet. Jana fragte sich manchmal, woher die Krankenschwestern und -pfleger so viel Zeit hatten, sich so detailliert über Privatthemen zu unterhalten. Aber offensichtlich schienen ihre Kollegen lieber auf Essen und den Toilettengang zu verzichten, als auf neue Lästernachrichten.

Jana arbeitete lieber in aller Stille. Sie wollte keine Fehler machen und freute sich, auf ihre Arbeit konzentrieren zu können. Nun saß sie mit diesem »sozialen Nachrichtticker« Nicole im Auto und fürchtete das Gespräch, das gleich unweigerlich auf sie zukommen würde.

»Was bin ich geschafft heute«, plapperte ihre Kollegin Nicole los, während sie ihren kleinen Smart durch die um diese Uhrzeit schon dunklen Straßen fuhr. »Heute war wieder so viel los. Wir haben viel zu wenig Personal auf unserer Station, gerade wenn dann noch Leute in solch einer stressigen Zeit Urlaub nehmen müssen.« Der strafende Blick auf Jana wäre nicht nötig gewesen. Auch so wusste Jana, dass sie mit diesem Vorwurf gemeint war.

Jana hatte sich vorgenommen, sich für ihr Recht auf Urlaub nicht zu verteidigen. Dennoch tat sie es. »Jeder hat ein Recht und sogar eine Pflicht auf Urlaub und Erholung, denn Fehler können in unserem Beruf fatale Folgen haben.«

»Hast du denn einen groben Fehler gemacht, als du deine Mutter einige Jahre gepflegt hast, bevor sie starb? Damals konntest du doch auch keinen Urlaub nehmen.« Nicole bohrte weiter und hoffte entweder auf eine brandaktuelle Nachricht oder zumindest Jana ein schlechtes Gewissen einreden zu können.

Es funktionierte, Jana ging noch mehr in die Defensive: »Es war nicht mein Fehler, dass meine Mutter doch starb. Der Brustkrebs war aggressiv und streute. Meinen Urlaub kann ich leider nicht verschieben, da meine Freundin eine teure Reise für uns gebucht hat.« Jana überfiel wieder die Trauer, als sie dran erinnert wurde, wie qualvoll ihre Mutter sterben musste.

»So schlimm kann es ja nicht gewesen sein, wenn du nach der mehrjährigen ausschließlichen Pflege eines sterbenden, nahen Angehörigen noch die Ausbildung zur Krankenschwester gemacht hast«, stichelte Nicole weiter.

»Es war eine logische Schlussfolgerung, denn in dem Pflegebereich hatte ich dann schon viel Erfahrung. Außerdem finde ich es ein lohnendes Lebensziel, nicht nur sich, sondern auch anderen helfen zu wollen.« Jana hoffte, Nicole würde schneller fahren. Es waren nur noch drei Straßen bis zu ihrem Wohnhaus, aber der Wagen wurde immer langsamer.

»Du bist doch gerade erst als ausgelernte, vollwertige Krankenschwester übernommen worden und dann nimmst du schon zwei

Wochen Urlaub.« Nicoles Vorwurf wurde immer direkter

»Ich habe während meiner Ausbildung den Urlaub immer nach anderen ausgerichtet und konnte aus finanziellen Gründen nicht verreisen. Zudem musste ich während dieser Zeit sehr viel und hart lernen, um den bestmöglichen Abschluss zu erreichen. Jetzt habe ich mir einen Traumurlaub nach Tasmanien verdient und kann ihn jetzt auch bezahlen.« Langsam wurde auch die sonst so ruhige und gutmütige Jana ärgerlich. Endlich sah sie ihr Wohnhaus und wäre am liebsten noch aus dem fahrenden Wagen herausgesprungen, um dieser vorwurfsvollen Unterhaltung mit Nicole zu entfliehen.

»Ja, dann genieß mal die Zeit, während wir hier bei den Kranken die Stellung halten. Du fliegst ja erst übermorgen los. Also, wenn du morgen doch noch Sehnsucht hast, kannst du gerne noch mithelfen, damit es unseren Patienten etwas besser geht.« Nicole ließ nichts unversucht, um Jana noch den geneideten Urlaub zu verderben.

»Okay, bis in zwei Wochen«, verabschiedete sich Jana kurz. Sie schaffte es nicht, sich noch für die von Nicole aus eigennützigen Motiven angebotene Fahrt nach Hause zu bedanken.

Jana wusste, dass sie als verantwortungsvolle und nette Kollegin nicht unbeliebt war, und konnte daher die spitzen, neidvollen Bemerkungen von Nicole abtun. Aber sie konnte nicht verhindern, doch kurz darüber nachzudenken, ob sie den Koffer nicht auch abends packen und morgen doch zum Krankenhaus fahren könnte. Aber ihre Freundin Linda überzeugte sie von dem Irrsinn dieses Vorhabens, sich auf eine so besondere Reise kaum vorzubereiten, nur, um einen genehmigten Urlaubstag mal wieder zu verschieben.

Geduscht, halbherzig rasiert und eher müde als erfreut betrat Chris um 20:30 Uhr das Stammlokal »Eckfässchen«, in dem er sich mit Benny verabredet hatte. Während sich Chris noch darüber ärgerte, dass er sich zu diesem Treffen hatte überreden lassen und nicht lieber ins Bett gegangen war, kam Benny schon mit offenen Armen auf ihn zu. »Hey Bruder, wo bleibst du denn? Dein Bier ist schon ganz schal.« Benny klopfte Chris kumpelhaft auf die Schulter. »Hättest dich nicht extra rasieren brauchen. Mädels stehen auf einen Drei-Tage-Bart.«

Ein Blick auf Bennys Kinn bewies, dass sein Freund seinem eigenen Ratschlag tatsächlich befolgt hatte. Amüsiert entschloss sich Chris jetzt, diesen Abend mit seinem langjährigen, besten Freund doch zu genießen. Plötzlich nahm er den Biergeruch deutlich wahr, der Gemütlichkeit und Entspannung ankündigte. Chris genoss den Anblick, den die in sanftes Licht getauchte kleine Kneipe mit einer großen, dunklen Holztheke bot. Jetzt erst entdeckte er, dass zwei junge, auffällig gekleidete Frauen an der Theke saßen, die Benny und ihn höchst amüsiert musterten.

»Hey Chris, tausche mal den faden Bürokaffee gegen dieses helle Bier.« Benny hielt ihm ein 0,3-Liter-Glas entgegen, das ein kaum noch schäumendes Pilsener Bier enthielt. »Es wartet wohl schon länger auf dich, aber lass es dir trotzdem schmecken«, ergänzte Benny fröhlich.

Auch wenn die ehemalige Krone des Bieres nur noch erahnt werden konnte, überwand Chris sein Gewissen, denn als Calvinist sollte er möglichst kein Alkohol trinken. Er fand das Pils jedoch einfach nur köstlich. Als er nach dem zweiten tiefen Schluck über den Rand des Glases hinwegsah, blickte er in zwei intensiv-blaue, strahlende Augen einer attraktiven Blondine. Nach einem weiteren tiefen Schluck war das Glas leer und der ausgearbeitete, übermüdete Chris so beschwipst, dass er sich traute, schnurstracks auf diese Frau zuzugehen.

»Hey, ich bin der Chris.« Er hielt der aufreizenden, stark geschminkten Blondine ohne Umschweife seine vom kalten Bierglas feuchte Hand hin.

»Ich bin Zoe«, lachte sie nach einer stockenden Sekunde auf, ergriff aber nicht seine Hand, sondern hauchte ihm einen Kuss auf die Wange.

Überrumpelt von so viel Direktheit schaute sich Chris nahezu ernüchtert nach Benny um. Sein Freund zwinkerte ihm zu und nickte kurz.

Zoe ergriff indessen Chris' Hand und fragte: »Wollen wir nicht eine Runde Dart spielen? Wir beide gegen deinen Freund und meine Freundin Sonja?«

Chris nickte nur. Irgendwie fühlte er sich plötzlich nicht mehr Herr der Lage.

Entsprechend unsicher verlief sein Dartspiel. Anstatt den inneren Ring mit hoher Punktzahl zu treffen, verfehlten seine Pfeile immer häufiger sogar die Scheibe, als er verzweifelt versuchte, durch das Treffen der doppelten Punktzahl im äußeren Rand noch aufzuholen. Chris spürte ein ihm bereits bekanntes Gefühl: Machtlosigkeit. Er fühlte sich der Situation nicht gewachsen, zu unkontrolliert, wo er Kontrolle gebraucht hätte. Dem lockeren, lustigen Benny gelang hingegen ein Volltreffer nach dem anderen.

Chris wurde immer ruhiger und beobachtet seinen besten Freund Benny. Dieser war wie immer oberflächlich, unbedacht, unbeschwert, ein arbeitsloser Elektriker. Benny schien völlig zufrieden mit sich und der Welt und als ehemaliger »Calvinist« kein bisschen ängstlich oder auf das ewige Leben bedacht. So wäre

Chris auch gerne gewesen. Teilweise verärgert, teilweise niedergeschlagen, musste Chris mit ansehen, wie Benny inzwischen mit Sonja und Zoe flirtete. Sein Freund schien keinerlei moralische Bedenken zu haben, abwechselnd den Arm um Sonja und dann um Zoe zu legen. Er dachte offensichtlich weder an seinen Freund Chris, noch an die beiden Frauen, die mit allen Mitteln um die höchste Beachtung bei Benny kämpften. Neid machte sich in Chris breit. Benny war wieder zum Alphamännchen mutiert, wogegen Chris die Aufgabe zu haben schien, ihn angemessen zu bewundern.

Kurzerhand nahm Chris sein nächstes 0,3-l-Glas Bier, das noch voll war, und trank es mit einem Schluck aus. Lautstark haute er das leere Glas auf die hölzerne Theke und stand auf, bedacht darauf, sich breitbeinig und massiv vor den drei Turtelnden aufzubauen. »Benny, Zoe, Sonja, ich gehe jetzt nachhause. Ein verantwortungsvoller Job wartet morgen auf mich«, versuchte er, wenigstens noch mit seiner beruflichen Stellung aufzutrumpfen.

Benny, der schon leicht wankte, legte nun den rechten Arm um Zoe und den linken um Sonja. »Tja, ihr beiden Süßen. Dann müsst ihr wohl nur mit mir vorlieb nehmen. Chris arbeitet wirklich hart. Der wird bestimmt noch steinreich und dann werde ich ihn anbetteln müssen, dass er unsere Getränke bezahlt. Ich lege nämlich mehr Wert auf Vergnügen.« Die beiden Damen nickten sofort zustimmend und Chris bekam nur noch ein halbherziges »Na dann, schlaf dich mal gut aus, Chris.« zum Abschied zugerufen.

Chris fühlte sich wie ein Schuljunge, der die Hausaufgaben der Mitschüler machen sollte, während er den anderen beim Fußballspielen zusah. Er ahnte nicht, wie sehr sein Freund Benny mit seinem unbedacht hingeworfenen Hohn Recht behalten sollte.

Als Chris zuhause ankam, war er noch immer sehr aufgewühlt. Es war ein ungutes Gefühl, wenn der beste Freund so leicht die neue attraktive Bekanntschaft abwerben konnte. Es fühlte sich auch nicht gut an, wenn der arbeitslose Freund unbelasteten Spaß mit tollen Frauen hatte, während er selbst noch an die Arbeitsprobleme dachte. Chris wollte auch mal locker das Leben genießen können und beliebt wie auch interessant sein. Er wollte sich in seinem Leben wohlfühlen können. Hatte nicht auch seine Ex-Freundin Carina gesagt, er wäre langweilig und hätte nie Zeit für sie erübrigt? So konnte es nicht weitergehen!

Kaum, dass Chris seinen Mantel ordentlich an die Garderobe gehängt hatte, stand Chris schon vor seinem Computer und drückte den On-Knopf. Noch wusste er nicht genau, was er vorhatte, aber das ermunternde Piepen verkündete in seine Ohren, dass er das Richtige tat. Letztlich wollte er endlich sein ewig schlechtes Gewissen, seinen von Angst angetriebenen Drang nach Erfolg und Arbeitserledigung und seine religiöse Erziehung über Bord werfen. Chris wollte so sein, wie die anderen: locker, leicht, unberechenbar, interessant, leichtlebig, einflussreich und für Frauen attraktiv.

Äußerlich wirkte er ruhig, aber in seinem Kopf tobten die Ideen. Er meldete sich im Internet an und zielsicher tippte er »Abenteuerreisen Australien« in die Suchleiste ein. Hoch konzentriert überflog Chris die einzelnen Suchergebnisse, nickte plötzlich und klickte auf die Anbieterseite eines Reiseunternehmens. Ein paar Fotos reichten Chris, um sich darüber im Klaren zu werden, dass diese südaustralische Insel genau das Richtige für ihn war. Seine Finger bewegten sich nahezu mechanisch als seien sie ferngelenkt.

Die Flora, die einzigartige Tierwelt, die unberührte Natur sowie die interessanten

Ureinwohner zogen ihn magisch an. Von der Hauptstadt Hobart würde diese Entdeckungstour starten, die ihm das Gefühl wiedergeben sollte, ein richtiger Mann zu sein, Abenteuer zu erleben, Gefahren zu bewältigen und Herr der Natur zu sein.

Chris schnaubte auf. Es wäre eine Last-Minute-Reise und würde bereits am übernächsten Tag starten. 14 Tage Urlaub, die ihm sein Chef und vor allem nicht seine abgewiesene Chefin genehmigen würde. Nicht jetzt und vor allem nicht, wenn er - Chris - es sich mal wünschte.

Wütend sprang Chris auf. Er brauchte diese Abenteuerreise jetzt und nicht in einem halben Jahr. Eine Motorradtour quer durch die australische Insel Tasmanien. Wie lange war Chris nun schon nicht mehr Motorrad gefahren, eine ursprünglich große Leidenschaft von ihm. Carina hatte Motorradfahren als zu gesundheitsgefährdend angesehen, als zu windig, zu kalt, zu rutschig, zu schnell, zu unfallträchtig, zu ungemütlich, zu unsicher. Nun war sie mit einem jüngeren Maurer zusammen, einem leichtsinnigen Lebemann, der nie Probleme damit hatte, eine Prügelei herauszufordern oder Geld großzügig auszugeben, das nicht ihm gehörte.

Fest entschlossen und ernsthaft interessiert setzte sich Chris wieder an seinen Computer, um sich die Last-Minute-Reise nach Tasmanien genauer anzusehen. Zum Glück hatte Chris bereits für eine zuvor geplante Motorradtour in Kalifornien einen internationalen Führerschein beantragt. Die Kalifornien-Tour hatte er dann allerdings aus betrieblichen Gründen stornieren müssen. Frau Narowski benötigte »zufälligerweise« gerade zu diesem Zeitpunkt der geplanten Reise wichtige Controllingaufstellungen, die keinesfalls verschoben werden konnten.

Würde Chris jetzt einen formellen Urlaubsantrag stellen, wäre es sicherlich genauso. Als könnte er auch dieses Mal nicht fahren. Seine Verpflichtungen ließen es im Grunde nie zu. Seine zurückgewiesene Chefin ließ es nicht zu. Also gab es nur einen Weg. Übermorgen würde seine Abenteuerreise beginnen und diesmal mit Chris. Die Zeit davor genügte, um zum Arzt zu gehen und sich krankschreiben zu lassen. Allerdings dauerte die Motorradtour im australischen Tasmanien 14 Tage. Erfahrungsgemäß war nicht damit zu rechnen, dass ein Arzt einen gelben Schein von vornherein über diesen langen Zeitraum ausstellte.

Bockig gab Chris dennoch seine Daten in die Buchungsmaske des Reiseveranstalters ein. Genauso wenig zögerte er dabei, seine Kreditkartenangaben zur Zahlung dieser teuren Exklusivreise einzutippen. Ein kurzer prüfender Blick auf die Buchungsmaske und schon drückte Chris mit einem ungeheuren Freiheits- und Stärkegefühl auf den »Buchen«-Button. »Ihre Reise wurde gebucht. In Kürze erhalten Sie die Details als E-Mail-Nachricht.

Wir wünschen Ihnen viel Freude auf ihrer exklusiven Reise.«

»Die werde ich haben«, nickte Chris. Er hatte es sich verdient. Jahrelanges »Ackern« für die Firma und unbezahlte Überstunden ohne Ende. Für die Fehltage würde sich im Nachhinein schon irgendeine Lösung finden. Entweder würde ihn der Arzt noch länger krankschreiben oder er könnte unbezahlten oder auch seinen restlichen Urlaub nehmen. Chris war sich sicher, dass er nicht gekündigt würde. Der oberste Chef und Inhaber der Firma hielt eine Menge von ihm als Buchhalter und Controller.

»... und als domestiziertes Arbeitstier«, ergänzte Chris halblaut.

Auf den Vorabausdruck seiner Reisebuchung verzichtete er großzügig. Chris wollte mal zwei Wochen ohne doppelten Boden leben, Abenteuer wie auch Risiken genießen und sich als risikobereiter, kämpfender Mann fühlen können. Ein Mann, den auch die Frauen interessant und attraktiv empfinden würden. Chris durchströmte ein Gefühl des Glücks, der Gewissheit, sich selbst wieder gefunden zu haben. Er erwartete viel Spannung und Abenteuer in den nächsten Tagen, ahnte jedoch nicht im Geringsten, was tatsächlich auf ihn zukam. Chris plante, in Tasmanien seine am Büroschreibtisch verkümmerten Fähigkeiten als richtiger Mann auszuleben. Er wusste nur noch nicht, wie sehr sich seine bisher unterdrückten Charakterzüge dabei entfalteten würden.

Am Donnerstag stand der Wagen von Lindas Freund pünktlich vor Janas Wohnhaus. Linda war eine erfolgreiche technische Zeichnerin. Die hatte stets einen neuen Freund, der sich jedes Mal äußerst bereitwillig Lindas Wünschen unterwarf und sein Geld zu ihrem machte. So fuhr der momentane Freund Sebastian Jana und Linda zum Flughafen, lud ihre schweren Gepäckstücke ein und wieder aus, sah zu, wie sie beide am Check-in-Schalter verschwanden, und fuhr dann völlig selbstverständlich alleine wieder nachhause. Lindas Lebensaufgabe bestand im Aufstylen, Umstylen, Flirten und Verführen von Männern. Warum sie gerade eine Motorradtour in Tasmanien gebucht hatte, war Jana unverständlich. Ein Karibikstrandurlaub in einem knappen Bikini nach sechs Wochen eiserner Diät hätte mehr zu ihrer attraktiven Freundin gepasst, aber sie vermutete, dass Linda bei diesem Urlaub an Jana gedacht hatte. Jana liebte die Natur, die Freiheit und die Einsamkeit. Es war tatsächlich Janas Traumreise und sie war nur zu gerne bereit gewesen, ihre gesamten Ersparnisse dafür auszugeben, wogegen Linda diesen Urlaub als Geburtstagsgeschenk von ihrem wohlhabenden Freund erbettelt hatte.

Am Check-in-Schalter des Flughafens für das Flugziel Tasmanien hatte sich eine lange Schlange gebildet. Es ging überhaupt nicht voran. Ein junger, unscheinbar wirkender

Mann stand vor dem Schalter, hatte seine Schultern hochgezogen und wirkte verlegen. Der Blick der hübschen, blonden Schalterbeamtin wirkte sachlich und kühl.

»Noch so ein Idiot, der die Hälfte vergessen hat und keine Rücksicht auf die anderen Reisenden nimmt«, wetterte Linda halblaut vor sich hin.

»Vielleicht hat er vergessen, ein Touristenvisum zu beantragen«, mutmaßte Jana. »Das hätte ich ohne dich auch vergessen. Dieser Mann da vorne macht mir nicht den Eindruck, ein unbedachter Draufgänger zu sein.«

»Jedes Reisebüro weist auf das nötige Touristenvisum hin«, warf Linda ein.

»Das stimmt. Aber er wirkt nicht unverantwortlich. Irgendwie ist er süß, so verlegen, wie er ist.« Jana konnte die Augen nicht von diesem Mann wenden.

»Hey Jana, wenn du selbst diesen durchschnittlichen, unsicheren Mann attraktiv findest, brauchst du definitiv mal wieder einen Freund«, bestimmte Linda und stupste Jana grinsend an. »Du hattest deine letzte Beziehung vor der Krankheit deiner Mutter, richtig?«

»Ja, das war ein netter, ernsthafter Mann.« Jana stöhnte sehnsüchtig auf. »Aber er wollte etwas unternehmen, unter Menschen, Motorradtouren machen, mit mir verreisen, mich mit zu seinen Freunden nehmen.«

»Stattdessen saßt du nur bei deiner Mutter in der Wohnung, hast dein Motorrad verkauft und dich eingeigelt«, ergänzte Linda.

»Es ging damals nicht anders. Meine Mutter brauchte durchgehend eine Pflege«, verteidigte sich Jana.

»Aber jetzt hast du die Ausbildung zur Krankenschwester mit Bravur abgeschlossen, einen festen Arbeitsplatz und viel Zeit für dein Privatleben und einen Traumurlaub in Tasmanien. Vielleicht findest du auf dieser Reise den Mann deiner Träume«, neckte Linda.

»Das wäre zu schön, um wahr zu sein«, Jana stöhnte erneut an, während sie den jungen Mann anstarrte, der noch immer am Check-in-Schalter stand.

»Schau mal Jana, endlich tut sich etwas. Da kommt noch ein Airlinemitarbeiter. Der Mann, den du so verliebt anstarrst, hält nicht nur uns alle hier auf, sondern beschäftigt auch noch mehrere Airlineangestellte. Was für ein Trottel.«

»Vielleicht ist es gar nicht sein Fehler. Vielleicht hat das Buchungssystem etwas nicht richtig verarbeitet oder es ist ein Sonderfall, bei dem die blonde Angestellte noch nicht so viel Erfahrung hat«, verteidigte Jana diesen Reisenden.

»Oder er hat es einfach nicht geregelt bekommen, die Reiseunterlagen vollständig und korrekt vorzulegen. Ich weiß schon, warum ich lieber mit meiner Freundin als mit Männern verreise«, lästerte Linda weiter, ohne zu wissen, wie wichtig gerade dieser Mann am Check-in-Schalter noch für sie werden würde.

»Hoffen wir, dass bei uns so etwas nicht passiert.« Nervös suchte Jana nochmals ihren Reisepass, ihre Buchungsunterlagen und ihr Touristenvisum heraus. Sie hatte Mitleid mit dem Mann am Check-in-Schalter. Er war anders als die anderen jungen Männer ihrer Generation. Er wirkte ernster, müder und nicht so verdorben, vorlaut und selbstsicher.

Chris stand ebenfalls an diesem Donnerstag mit einem großen Koffer, einem Rucksack und nahezu eintausend australische Dollars im Brustbeutel vor dem Check-in. Die Motorradausleihe war im horrenden Reisepreis schon enthalten sowie die Hotelübernachtung mit Frühstück und einem Begleitwagen für das Gepäck.

Allerdings mussten diese ungefähr achthundert Euros dann für Benzin sowie Essen und weitere Unternehmungen außerhalb der gebuchten Tour reichen. Zufrieden fasste sich Chris an den Brustbeutel.

Zur Not hatte er noch seine beiden Kreditkarten dabei. Da konnte einfach nichts mehr schief gehen.

Die Schlange am Check-in-Schalter vor ihm wurde langsam kürzer. Irgendwo darunter befanden sich seine Mitreisenden, worunter er fast ausschließlich Männer vermutete, da es sich ja um eine Motorradtour durch eine raue Landschaft handelte. Es war auch gut so, denn Frauen würden diese interessante Tour durch das landschaftlich einzigartige und wilde Tasmanien nur stören.

Nervös schaute Chris immer wieder auf sein Flugticket. Der Hinflug würde 28 Stunden dauern, da in Singapur und Melbourne jeweils längere Wartezeiten mit bis zu sieben Stunden vor Weiterflug vorgesehen waren. Dann würde er endlich in Hobart, der Hauptstadt Tasmaniens, seine Mitreisenden Biker kennen lernen und mit ihnen seine Motorradtour beginnen können. Es störte ihn nicht, dass der

Krankenschein nur zum morgigen Freitag ausgestellt war. Chris hatte den Eindruck und das sichere Gefühl, nur noch gewinnen zu können.

Das erste Hindernis zeigte sich jedoch schon, als Chris endlich den Check-in-Schalter erreicht hatte. Mit Unterstützung des Reiseanbieters hatte Chris kurzfristig ein elektronisches Touristenvisum für Australien beantragen und erhalten können. Glücklicherweise war sein Reisepass auch noch länger als sechs Monate gültig. Nun hielt Chris der Check-In-Schalter-Beamtin seinen Reisepass sowie den Computerausdruck des Visums und die Flugtickets entgegen. Mit einem »Guten Morgen« und einem standardisierten Lächeln nahm die attraktive Brünette die Unterlagen entgegen. Sie schaute sich den Ausdruck des Visums an und tippte etwas auf ihrer Tastatur ein. Obwohl Chris bekannt war, dass das Visum beim Check-in per Computer von der Airline abgefragt werden kann, machte sich ein unsicheres Rumoren in seinem Bauch bemerkbar.

Zu allem Überfluss schüttelte die Beamtin den Kopf und murmelte: »Da gibt es doch gar kein Touristenvisum für Chris Daragh.« Sie tippte dennoch weiter auf ihrer Tastatur herum. In Chris schwanden alle Hoffnungen. Gerade in diesem ernüchternden Augenblick klingelte auch noch sein Handy. Ein kurzer Blick auf das Display bewies, dass seine Befürchtungen zutrafen: Seine Chefin, Frau Narowski, rief ihn an. Sie wollte ihn wohl noch im Krankenschein mit Rückfragen wie »Haben Sie die Aufstellungen schon fertig? Noch nicht? Sie wissen doch, dass sie eilig sind.« triezen.

Chris schaltete genervt sein Handy aus und schaute hoffnungsvoll und bittend die Check-In-Beamtin an. Hoffentlich hatte sie die Visumsangelegenheit inzwischen klären können. Sie sprach Chris jetzt direkt an:

»Wann haben Sie denn das elektronische Visum beantragt?«

Verlegen schaute Chris zu Boden: »Ich habe es am Dienstag per Internet beantragt und ...«

»Dann kann ich es natürlich noch nicht finden.« Die Stimme der attraktiven, jungen Beamtin klang sehr strafend und kalt. Sie stöhnte auf und griff sich den Telefonhörer, um jemanden um Hilfe zu bitten.

Chris wollte seinen Satz jedoch noch beenden: »... und der Reiseveranstalter hat mir zugesagt, dass das Touristenvisum für mich heute im Netz abrufbereit und gültig ist.«

Die Beamtin verdrehte nur die Augen. Sie hatte bereits jemanden am Telefon und erklärte ihm den Sachverhalt mit lauten Worten. In der inzwischen wieder langen Schlange der Reisenden hinter Chris wurde es unruhig: »Wieder jemand, der sich nicht richtig vorbereitet hat!«, hörte Chris im Rücken. »Warum geht es nicht voran? Ein einziger hält hier alles auf.«

Chris sank in sich zusammen. Er fühlte, dass sich mindestens zehn erzürnte Augenpaare in seinen Rücken bohrten und nichts lieber sehen würden, als dass er endlich mit oder noch besser ohne Visum den Check-in-Schalter verlassen würde.

Stattdessen erschien ein uniformierter Airlinebeamter, der ebenfalls den Bildschirm am Check-in-Schalter anstarrte. Ein paar Sekunden vergingen, dann drückte der hinzugekommene Angestellte ein paar Tasten am Keyboard und sagte arrogant: »Sie müssen auch den Code an der richtigen Stelle angeben.« Damit verschwand er, ohne Chris eines Blickes oder Wortes gewürdigt zu haben.

Chris drehte sich kurz zu den Wartenden um, hoffend, dass diese Leute mitbekommen hätten, dass die lange Bearbeitungszeit nicht auf ein Verschulden von ihm zurückzuführen war. Nach wie vor trafen ihn jedoch nur strafende Blicke. Chris stöhnte erneut. Es war hoffnungslos, Fairness und Anstand gab es wohl kaum unter Menschen. Der Hübschere,

Stärkere, Dominantere, Attraktivere hatte das Recht immer naturgegeben auf seiner Seite und der Ehrliche, Faire dafür sein Schuldenbockabzeichen.

Zu allem Überfluss schaute ihn die junge Check-In-Beamtin mit roten Wangen und böse funkelnden Augen an: »Demnächst sollten Sie Ihr Touristenvisum aber doch frühzeitig beantragen.« Diesmal klang ihre harte Stimme durch die gesamte Flughafenhalle. »Diesmal konnten wir das elektronische Visum noch finden. Aber denken Sie das nächste Mal bitte auch an die anderen wartenden Fluggäste und ersparen uns und Ihnen die aufwändige Suchzeit.« Sie überreichte dem völlig fassungslosen Chris den Pass, seinen Visumsausdruck sowie das Flugticket.

Chris nahm sie wortlos entgegen. Da hatte ihn schon wieder eine Frau vor anderen runtergemacht, um sich selbst aufzuwerten und ihre Macht zu zeigen und Chris konnte nichts dagegen tun.

Nach ein paar Stunden und einem guten Mittagessen hatte Chris sich ein wenig von dem unfairen und dreisten Verhalten der Frau erholt und freute sich wieder auf seinen Urlaub. Diese Motorradtour in dieser natürlichen und teilweise gefährlichen Gegend würde ihm schon das Gefühl wiedergeben, ein urtümlicher, vollwertiger Mann zu sein.

Die Anreise mit den langen Zwischenaufenthalten zog sich für Chris hin. Dennoch genoss er die Freiheit, gönnte sich teure Snacks und sogar den Besuch eines Sexkinos während eines langen Zwischenstopps. Chris wollte nicht mehr pflichtbewusst, strebsam, anständig und rücksichtsvoll sein. Er wollte ein richtiger Mann sein. Jedenfalls nicht während dieser Reise. Der Kinobesuch brachte ihm jedoch nichts außer Langeweile. Seine Gedanken schweiften zu sehr ab. Er war zu eng mit seiner Welt in Deutschland verbunden: seine geliebte

Ex-Freundin Carina, die Arbeit, die Chefin, der Abend in der Kneipe und Zoe.

Endlich erreichte Chris müde, aber voller Erwartungen um 7:00 Uhr morgens nach tasmanischer Zeit Cambridge in der Nähe von Hobart, die Hauptstadt von Tasmanien. Er hatte während der Flüge geschlafen und freute sich trotz seiner Übernachtungen auf die für diesen Tag geplante Motorradtour und seine Bikergefährten.

Im tasmanischen Cambridge befand sich der internationale Flughafen von Hobart. Schon beim Anflug entdeckte Chris durch die kleinen Flugzeugfenster die wilde, andersartige Landschaft, die ihn fast zu rufen schien.

Entsprechend erwartungsvoll lief Chris mit seinem Koffer und seinem Rucksack zum angegebenen Ausgang des Flughafens. Von dort sollten sie dann mit einem Bus abgeholt und zum Hotel, das ungefähr 15 Kilometer entfernt in der Nähe des Stadtzentrums lag, transportiert werden. Dort würden sie sich frisch machen, etwas essen, auspacken und dann ging es endlich los: die erste Motorradtour in Tasmanien und die erste Motorradtour seit zwei Jahren für Chris. Er befürchtete ein wenig, nicht mehr so sicher Motorrad fahren zu können, tröstete sich aber mit dem Trost seines Freundes Benny: »Gewisse Dinge verlernt man nie: Schwimmen, Autofahren, Sex und das Motorradfahren.«

Viel zu lange dauerte es, bis Chris mit immer schnelleren Schritten endlich aus dem riesigen Flughafengebäude trat. Angenehme 14 Grad schlugen ihm entgegen, die ideal für eine Bikertour mit entsprechender Schutzkleidung waren. Nur ein paar Meter von der Ausgangstür entfernt stand eine Gruppe von ca. elf Leuten, die sich ebenfalls suchend und ratlos umschauten. Chris steuerte zielbewusst auf diese Menschen zu und sprach sie auf Deutsch an: »Gehören Sie auch zur Motorradrundfahrt und warten hier auf den Bus?« Alle nickten. Chris stellte sich dazu und fühlte sich jetzt schon wohl. Verstohlen blickte er sich die einzelnen Mitreisenden an. Es war eine gemischte Gruppe von sportlich anmutenden Anfang- und Mittedreißigern. Drei Frauen und acht Männer, exklusive ihm. Eine ruhig wirkende jüngere Frau mit dunkelblonden langen Haaren lehnte sich an einen nervös wirkenden Mann. Aha, die gehörten also zusammen. Chris'

Herz zog ein wenig. Er hätte eine solche Tour so gerne mit Carina gemacht. Aber sie war Vergangenheit. Chris verbot sich seine Gedanken an seine leidvolle Vergangenheit und schaute sich neugierig die anderen zwei Frauen an.

Beide wirkten auf ihre Art ansprechend. Die eine hatte lange mittelbraune Haare, die sie zu einem Zopf zurückgebunden hatte. Sie trug eine randlose Brille und war in einer einfachen Jeans mit grünem Sweatshirt und einer Jeansjacke gekleidet. Sie erschien ihm bodenständig, ehrlich und zuverlässig. Die andere Frau, offensichtlich die Freundin der Brünetten, hatte ebenfalls lange Haare, die jedoch in verschiedenen hellblonden Tönen schimmerten und die sie offen trug. Ihre Jeans war hauteng und Chris wunderte sich, dass sie nach diesem langen Flug aus Deutschland in dieser engen Jeans nicht über Taubheitserscheinungen oder Quetschungen klagte. Zudem trug sie recht hohe knallrote Pumps, eine erstaunlicherweise noch immer saubere weiße sportliche Bluse und eine dunkelbraune Lederjacke darüber. Sie war stark geschminkt und ihr hellroter Mund stand offenbar kaum still, während sie sich ihrer braunhaarigen Freundin zuwandte. Während sie permanent redete und gestikulierte, beobachtete auch die blonde Frau ihre Mitreisenden. Offensichtlich war die blonde, attraktive Frau von einem sehr sportlichen, breitschultrigen Mann mit halblangen, dunkelbraunen Haaren begeistert und beachtete Chris überhaupt nicht. Chris hingegen war fasziniert von der Blonden, die zwar sehr oberflächlich, aber dennoch sehr attraktiv wirkte. Plötzlich bemerkte er, dass er genau das tat, was er immer an den Frauen verurteilte: Er war an der unbeständigen, oberflächlichen, äußerlich aufgeputzten Frau interessiert und beachtete die liebe, anständige Brünette daneben kaum.

Jana hatte sich auch neugierig unter den Mitreisenden umgeschaut, mit denen sie die nächsten hoffentlich spannenden Tage in Hobart verbringen würde. Mit großer Freude und einem Herzklopfen sah sie, dass der attraktive Mann am Check-in-Schalter, Chris, ebenfalls diese Reisetour unternehmen würde. Seine Stimme, als er die Gruppe angesprochen hatte, klang noch in Janas Kopf nach. Sie war ruhig, stark, aber strahlte keinen bewusst bestimmenden Ton aus. So durchschnittlich er wirkte, so sehr faszinierte er Jana. Ihre

Freundin Linda redete unaufhörlich auf Jana ein, sodass Jana kaum reagieren musste und ungestört Chris beobachten konnte.

»Der Mann da drüben muss wohl ein Schauspieler oder so sein. Der sieht wahnsinnig gut aus«, wiederholte sich Linda wieder und wieder. Obwohl ihr Freund zuhause wartete, während er ihr die Reise finanziert hatte, sah Linda keinerlei Problem darin, sich anderweitig zu vergnügen.

»Linda, du hast einen Freund!«

»Ja und? Er hat riesiges Glück, mich als Freundin zu haben und mit mir angeben zu können. Das wird es ihm Wert sein, auch wenn ich mal fremdgehen sollte. Für ein Angeberauto zahlen die Männer auch Unsummen und wollen es nur, um ihren Wert damit zu beweisen.« Linda holte tief Luft. Sie glaubte tatsächlich das, was sie sagte, und lebte auch danach locker und offen. »Jana, hast du gesehen, er hat mir zugezwinkert. Der ist so süß. Wenn du nichts dagegen hast, würde ich mal gerne mit ihm alleine essen gehen.«

»Ist okay Linda«, sagte Jana kurz, denn ihr Interesse galt ebenfalls einem Mann, Chris.

Chris hatte sich die Mitreisenden auch angeschaut und sein Blick ist bei Jana und Linda hängen geblieben. Jana ist nicht verborgen geblieben, dass seine Augen bei ihr zwar weich wurden, bei Linda aber anfingen, begehrlich zu glänzen. Jana stöhnte auf. Es war immer das Gleiche. Linda wurde bevorzugt, obwohl sie die Männer benutzte, wie die Frauen ihre Schuhe: Immer die Neuesten waren besonders beliebt und wurden nach dem begrenzten zeitlichen Gebrauch zu den anderen in die Ecke des Schuhschrankes gestellt und oftmals dort vergessen.

Chris löste mit einem Aufstöhnen den faszinierten Blick von der lebhaften Blondine und begutachtete auch die anderen männlichen Mitreisenden, als plötzlich eine laute Männerstimme in der Gruppe ertönte: »Herzlich willkommen zur Motorradtour durch Tasmanien! Ich bin Ihr deutscher

Reiseleiter Guido Nürnberg. Wie es scheint, sind wir bereits vollzählig. Unser Bus wartet schon drüben. Er wird sie erst einmal zu Ihrem Hotel bringen, wo Sie sich ausruhen und frisch machen können. Um 15:00 Uhr tasmanischer Zeit stehen unsere Bikes vor dem Hotel bereit und ich zeige Ihnen dann noch ungefähr drei Stunden etwas von der Hauptstadt Tasmaniens und deren Umgebung. Die Busfahrt zum Hotel dauert bei diesem Verkehr etwa eine knappe Stunde. Da kann jeder von Ihnen etwas über sich erzählen, in Ordnung?« Alle nickten zustimmend. Endlich ging es los! »Ach ja,«, fiel dem Reiseleiter noch ein, »wir sind hier alle abenteuerliche Biker auf der Tasmanienrundreise und müssen in diesem wilden Land zusammenhalten.« Er lachte leicht auf. »Daher empfehle ich, dass wir uns mit Du und dem Vornamen ansprechen.« Alle nickten zustimmend.

In dem großen Reisebus gingen die zwölf Reisenden fast unter. Schon jetzt fühlte sich

Chris wie einer der mutigsten Abenteurer und nahm die Vorstellung der Mitbiker nur halbherzig auf. Er konnte sich Namen nicht gut merken und für den Beruf der Leute interessierte er sich sowieso nicht. Bei dieser Reise ging es nicht um das bürgerliche Leben, sondern um ein Abenteuer in der Wildnis. Ein einfaches »du da«, würde schon genügen. So hielt er die Vorstellung der Mitbiker für unwichtig, denn die für ihn bedeutsamen Personen würde er schon sehr schnell auf den Touren kennen lernen.

Inzwischen ging nach und nach einer nach dem anderen zum Busmikrofon nach vorne und sagte ein paar Sätze über sich. Die Brünette war Krankenschwester und hieß Jana Walter. Die Blonde arbeitete als technische Zeichnerin und hörte auf den für Chris wohl klingenden Namen Linda Mondian. Der dunkelhaarige Mann, der Lindas Aufmerksamkeit erregt hat, verfügt über eine beneidenswert dominante Bass-Stimme und stellte sich als Musicaldarsteller Sascha Schmidt aus Hamburg vor. Weiterhin fuhr das Ehepaar Marion und Peter Wizowski, der KFZ-Schlossermeister Klaus Rothens, die befreundeten Grundschullehrer Mario Kaminski sowie Andreas Wilhelm, der Vertriebsleiter Kevin Bauer, der Psychologe Michael Droker und der Journalist und Autor Lars Linkat mit.

Als die Vorstellungsrunde vorbei war, hatte Chris die Namen schon wieder vergessen. Er konzentrierte sich lieber nur auf die zwei Interessantesten von ihnen: Jana Walter und Linda Mondian..

Um 15:30 Uhr tasmanischer Zeit ging es nach der bürokratischen Zuordnung der ausgeliehenen Motorräder endlich auf die erste Bikertour durch Hobart und Umgebung.

Nachdem sich die Reisegruppe in den ersten Kilometern der Fahrt langsam an die Motorräder gewöhnt hatte, konnten sie die Stadtrundfahrt in Hobart und Umgebung richtig genießen. Chris schwelgte im Gefühl der Freiheit, das ihm der Fahrtwind gab. Besonders eindrucksvoll fand er das koloniale Hafenviertel mit dem beeindruckenden Naturhafen. Die Häuser im wohlhabenden Stil und die gemütliche Atmosphäre brachten Chris in eine Hochstimmung. Zudem ließ ihn während der dreistündigen Tour die einzigartige Aussicht auf den Derwent River sowie dem Mount Wellington so langsam seine Probleme in Deutschland vergessen. In diesem nahezu drogenähnlichen Hochgefühl fiel es Chris nicht mehr allzu schwer, Jana und Linda am Abend in der Hotelbar auf einen Cocktail einzuladen. Beide nahmen diese Sympathiegeste gerne an und unterhielten sich mit Chris über die Motorradtour, bis Linda nach einer Stunde ihren Arm um die immer stiller gewordene Freundin legte und meinte: »Tut mir echt leid, aber ich bin total müde. Die

Zeitumstellung, der lange Flug und die frische Luft schicken mich jetzt ins Bettchen.«

Chris nickte ein wenig enttäuscht. Er war aufgekratzt und sein Herz schlug kräftig, wenn er nur Lindas Stimme hörte.

Zu Jana gewandt, sagte Linda: »Du kannst gerne bei Chris bleiben, wenn du noch munter bist.« Aber Jana schüttelte nur den Kopf. Ihr war längst aufgefallen, von wem Chris tatsächlich so begeistert war. Sie konnte in ihrem Temperament und Styling ihrer Freundin Linda nicht das Wasser reichen.

Linda drehte sich zu Chris um, winkte ihm noch kurz zu und meinte augenzwinkernd: »Da wir uns bei unserem ärmlichen Gehalt nur ein Doppelzimmer leisten konnten, werden Jana und ich jetzt brav und heute dann mal ohne nächtliche Besucher schlafen gehen.« Jana lief ein wenig rot an und schaute weg. Chris hingegen fragte sich, ob ihm diese Reise nun auch eine neue Freundin bescheren würde. Bezeugten die Andeutungen von Linda nicht schon, dass sie an eine engere

Freundschaft dachte, oder war sein Wunsch Vater dieses Gedankens?

Chris' Freiheitsrausch war verflogen. Er fühlte sich wieder eingefangen von dem ewig gleichen Irrgarten der Manipulationen und Verwirrungen vor allem bei Frauen. Er ahnte schon, dass sein Geld und seine Anständigkeit auf Linda nicht dauerhaft ziehen würden. Aus seinen bisherigen Erfahrungen heraus war der mitreisende attraktive Künstler Sascha seine größte Konkurrenz. Chris hatte es satt, immer dasselbe zu erleben und nichts dagegen tun zu können. Er wollte nicht mehr wissen, ob er nun nach dem Tod verdammt oder erwählt war. Chris hatte sich fest vorgenommen, seine deutschen Probleme wenigsten eine Zeit lang hier in Australien zu vergessen. Er war noch nicht bereit zu sehen, dass er sich bereits in die lebhafte und freche Linda verliebt hatte, die so gar nicht zu seinem Leben, seiner Familie und seiner Religion passte.

Auf dem Weg in das gemeinsame Hotelzimmer verhielt sich Jana sehr ruhig. Sie konnte schon in die Zukunft sehen: Chris verehrte ihre attraktive, untreue Freundin und würde Janas Anwesenheit nur noch, wenn auch widerwillig akzeptieren, da sie mit Linda befreundet war.

»Tut mir leid wegen Chris«, sagte Linda müde. »Ich weiß, du wärst lieber noch etwas bei ihm geblieben.«

»Nein, bestimmt nicht. Er ist doch nur hinter dir her.« Janas Stimme klang resigniert.

Linda schüttelte bestimmt den Kopf. »Wenn er merkt, dass ich diesen Musicaldarsteller Sascha viel anziehender finde, wird er feststellen, dass du viel mehr zu ihm passt und viel kostbarer bist.«

Jana freute sich über das Lob der Freundin, wusste aber genau, dass sie auf keinen Fall die zweite Wahl sein wollte. »Danke dir, Linda, für deinen Trostversuch. Aber irgendwann werde ich den Richtigen schon finden.« Damit war für Jana das Thema Männer mal wieder auf Eis geschoben, nicht aber für Linda.

»Hast du dich in Chris verliebt?«

»Er gefällt mir sehr und ich dachte, er wäre ernsthafter und würde zuverlässige, verantwortungsvolle Frauen zu schätzen wissen.«

»Ja, danke«, fing Linda an zu lachen. »Aber im Grund hast du Recht. Du bist eine Frau, mit der man Pferde stehlen und ein Leben mit einer Familie aufbauen kann. Ich bin wie ein Schmetterling: schön anzusehen, kurzzeitig einzufangen, aber nie dauerhaft zu besitzen.«

Jana lachte amüsiert auf. »Müssen wir so lange zu einem anderen Erdteil fliegen, nur um unsere Männerprobleme dann doch mitzunehmen? Nein, ab jetzt genießen wir nur noch unseren Traumurlaub und die herrlichen Motorradfahrten.« Jana holte den Schlüssel zu ihrem Zimmer heraus, dass sie gerade erreicht hatten.

Linda nickte zwar, hatte aber nur den ersten Teil von Janas Vorsätzen mitbekommen, denn neben dem Hotelzimmer der Freundinnen war die Tür eines anderen Hotelzimmers aufgegangen und Sascha kam heraus.

Linda stockte, legte dann aber ein verführerisches Lächeln auf und sagte: »Hallo Sascha, musstest du nach der Motorradtour erst einmal schlafen? Wir waren in der Hotelbar und haben dort unseren Schlummertrunk genommen.«

»Du bist Linda, richtig? Ich bin nicht müde. Nach dem Duschen habe ich mir ein Dinner auf das Zimmer bestellt und eine Flasche guten Wein. Schade, dass du schon einen Schlummertrunk genommen hast, sonst hätte ich dich zu einem Glas Wein in mein Zimmer eingeladen, denn ich habe erst ein Glas davon getrunken.« Allen Dreien war klar, was Sascha dachte und beabsichtigte.

»Ein Glas Wein geht immer«, turtelte Linda weiter.

»Nicht, dass du mir dann in meinem Hotelzimmer umkippst«, neckte Sascha, während er schon die Tür für Linda aufhielt.

»Wäre das so schlimm?« Linda machte einen Schritt auf Sascha zu, stockte dann aber und drehte sich nach Jana um. »Aber, meine Freundin ...«

»Ist schon gut, ich bin wirklich müde«, reagierte Jana. Sie wusste, dass Linda ein Auge auf den ebenso leichtlebigen, aber höchst attraktiven Musicaldarsteller geworfen hatte. Jana wusste jedoch auch, dass sie von halbwegs attraktiven Männern sowie nie beachtet wurde.

Linda zögerte einen Moment, in dem man ihrer Mimik deutlich ansah, wie sie mit sich kämpfte. Aber ihr Hunger nach Anerkennung siegte. »Okay, Jana. Wir sehen uns dann später.«

Jana nickte. Sie ahnte schon, dass ihre lebenshungrige Freundin heute Nacht nicht mehr in ihrem gemeinsamen Hotelzimmer erscheinen würde.

Nach wirren Träumen wachte Chris zerschlagen auf. Das Ziel dieses Tages sollte der Mount-Field-Nationalpark sein, der eine Stunde von Hobart entfernt lag. Der Regenwald in diesem Park war durch seine hohen Eukalyptusbäume sowie faszinierenden Wasserfälle landschaftlich sehr sehenswert. Ebenso war ein Abstecher zum historischen Richmond geplant, bevor sie am Abend wieder das Hotel in Hobart erreichen würden.

Als Chris vor dem Hotel auf die restlichen Mitreisenden und den Reiseleiter wartete, stürzte Jana plötzlich auf ihn zu. »Hey Chris, gut geschlafen in Hobart?«, fragte sie mit einem zarten, atemlosen Stimmchen. Nachdem Linda tatsächlich erst am Morgen zum Umziehen und Duschen wieder an das gemeinsame Hotelzimmer geklopft hatte, fühlte sich Jana sehr einsam. Ihr Vorsatz vom Vorabend, Männergeschichten auf dieser Reise außen vor und den Spaß an dieser Reise in den

Vordergrund zu lassen, waren völlig vergessen.

»Klar doch. Und du?«, gab Chris uninteressiert zurück. Seine Blicke wanderten umher und suchten ihre Freundin Linda.

»Super!« log Jana, denn in diesem Moment des Gesprächs mit Chris fühlte sie sich großartig, »und danke nochmals für den Cocktail. Danach konnte ich besonders gut einschlafen.« Janas Nervosität war deutlich spürbar.

»Ach ne,«, dachte Chris erstaunt, »Jana scheint für mich das zu empfinden, was ich für Linda fühle.« Er bedauerte diese schwierige emotionale Verwirrung und nahm sich vor, Jana keinerlei falsche Hoffnungen zu machen, um sie nicht mehr als nötig verletzen zu müssen.

Linda schlenderte als eine der Letzten aus der Hoteltür heraus. Sie war stark geschminkt und bei jedem Schritt schien sie Australien erobern zu wollen. Mitten auf dem Bürgersteig blieb sie stehen und drehte sich um. Auch Linda suchte ganz offensichtlich jemanden. Als sie in die

Richtung zu Jana und Chris schaute, winkte sie mit einem Lächeln herüber. Jana winkte zurück. Chris ärgerte sich, dass auch sich angesprochen fühlte und erfreut nickte, denn Linda würdigte ihn oder ihre Freundin daraufhin keines Blickes mehr. Zielsicher steuerte sie auf Sascha zu und umarmte ihn zur Begrüßung.

Verwirrt fragte Chris: »Jana, kannten sich Linda und Sascha schon vor der Reise?«

»Nein«, entgegnete Jana. »Sie haben sich gestern auf dem Hotelflur vor unserem Zimmer kennen gelernt. Saschas Zimmer liegt direkt neben unserem. Gestern Abend ist sie dann noch auf einen Absacker zu ihm gegangen.« Jana schaute Chris fest in die Augen, während sie ihn mit ihrer Aussage verletzte.

Chris stöhnte auf. Es war immer dasselbe. Die lockeren, leichten, unverantwortlichen Blender bekommen die Frauen. Chris merkte jedoch nicht, dass auch er eine Blenderin begehrte, wogegen er die ernsthaft an ihm interessierte Jana kaum beachtete. Er ahnte nicht, wie sehr sich sein Leben und seine Sichtweise noch während dieser Reise verändern würden.

Als sie im Mount-Field-Nationalpark angekommen waren, wurden sie zuerst zu einer kurzen Informationsveranstaltung über die Ureinwohner Tasmaniens, die Aborigines, eingeladen. Noch immer eifersüchtig und gekränkt achtete Chris mehr auf den Flirt von Sascha und Linda, der langsam peinliche Ausmaße anzunehmen schien. Linda nutzte jede Gelegenheit, sich an Sascha anzukuscheln oder ihn zu berühren. Als Sascha ihr auf Anfrage ein Papiertaschentuch gab, erhielt er als Gegenleistung gleich einen Kuss auf den Mund. Natürlich fiel ihr das Taschentuch gleich zu Boden, und während sie es wieder aufhob, hielt sie ihm ihr rundes Hinterteil so auffordernd entgegen, dass sich Chris in einen billigen Pornofilm versetzt sah, in dem Sascha die Gelegenheit gleich am Hintern packen könnte. Chris würde niemals so peinlich in der Öffentlichkeit auftreten und war dennoch neidisch auf Sascha, der es offensichtlich richtig bei Linda angepackt hatte und sich auch nicht versuchte, gegen ihre Verführungsversuche zu wehren.

So hatte Chris nicht viel von den interessanten Informationen des Parkangestellten über die Aborigines mitbekommen. Ihm war bereits bekannt, dass diese Ureinwohner in Australien, Tasmanien und den Nachbarinseln gewohnt hatten und inzwischen als reine Rasse aufgrund von Morden und Krankheiten ausgestorben war. Diese Menschen und ihre Nachfolger sehen sich als einen gleichwertigen Teil der Natur. Ein wichtiger Glaube besteht in dem Mythos der Dreamtime oder auch Traumzeit, wonach das für sie heilige Land von höheren Wesen erschaffen worden ist und die Aborigines durch Meditation dieses Totenreich besuchen können. Chris hatte dann doch etwas interessierter zugehört, als es um den Totemismus dieser Ureinwohner ging. Gegenstände, Pflanzen, aber auch Tiere oder Erscheinungen besitzen demnach eine Seele und die Macht, das menschliche Schicksal zu steuern. Daher sollten sie auch unter keinen Umständen beschädigt werden. Ein Aborigine besitzt neben seinem eigentlichen Namen noch den Hinweis auf sein persönliches Totem. Es ist bei diesen Ureinwohnern jeweils ein Tier. Die heiligen Stätten, die ebenfalls dieses Tiertotemsymbol zeigen, ermöglichen dem dazugehörigen Menschen dort zu träumen oder zu meditieren. Das Träumen und die Familienzugehörigkeit werden nach dem Denken der Aborigines vom jeweiligen Totem gesteuert. Das jeweilige Totemtier darf nicht gejagt oder gegessen werden. Um den Schutz durch das Totem ständig mit sich tragen zu können, werden Gegenstände mit diesem Symbol hergestellt, die als Talisman dienen.

Gespannt dachte Chris noch darüber nach, welches Totem er wohl am ehesten gehabt hätte, als sein Blick unwillkürlich wieder das Turtelpärchen Sascha und Linda streifte. Dort hatte sich jedoch etwas verändert. Hatte Sascha die Annäherungsversuche von Linda bisher genossen und das Spiel eines Mannes aufgeführt, der diese Flirtattacken täglich gewohnt zu sein schien, so begann er sich, nach diesem Vortrag sichtbar von Linda zurückzuziehen. Die attraktive Bikerfrau hing nicht nur an seinen Lippen, sondern auch an seiner Schulter, während Sascha langsam rückwärtsging und die Hände in Bauchhöhe abwehrend vor sich hielt. Erleichtert und amüsiert beobachtete Chris das Geschehen. Als Sascha dann kopfschüttelnd in Richtung Toilette verschwand, tat ihm Linda schon fast wieder leid. Letztlich hatte Chris häufig genug am eigenen Leib erfahren, wie sehr falsche Hoffnungen und zurückgewiesene Gefühle schmerzten.

Nun ging es auf eine mehrstündige Wandertour durch den Mount-Field-

Nationalpark, in dem sie die seltene Fauna und Flora kennen lernen konnten. Linda suchte sofort gekränkt die Nähe von Chris, der es sehr genoss, auch wenn er nun als Tröster und zweite Wahl herhalten musste. Auch Jana lief mit ihnen mit, hielt sich jedoch sehr im Hintergrund. Am Anfang begleitete sie der Deutsch sprechende Parkführer noch und ermahnte sie zur Vorsicht, da einige einheimische Tiere giftig waren. Chris hörte gar nicht zu, da er sich überdreht mit Linda unterhielt und sich freute, dass sie nun auch bei ihm den Körperkontakt suchte. Linda erzählte ihm, dass sie diese Reise einfach nur genießen wolle und sie mit ihrem Freund daheim eine offene Beziehung führte. Linda wollte leben und nicht ständig auf langweiligen Kundentreffen, bei denen ihr Freund mir ihr angab, ihr Benehmen und ihre Attraktivität unter Beweis stellen. Chris erzählte nichts von ihm, da Linda die ganze Zeit lebhaft redete, was sie für ihn noch anziehender machte.

Mit halbem Ohr hörte Chris dem einheimischen Parkführer zu, der nochmals betonte, dass es hier viele Gerüchte und Mythen um die Aborigines und ihren Fähigkeiten sowie ihren Traditionen gäbe. So sollen die Aborigines gemäß einer dieser Sagen genau in dieser Gegend ein paar magisch-mystische Totemgegenstände versteckt haben, die den Besitzern besondere Arten von Macht geben würden. Alle lachten darüber und Begriffe wie »Harry Potter«, »Märchen« und »Wer's glaubt« fielen.

»Ich finde bestimmt etwas davon und werde reich!«, versprach Chris Linda in einem Gefühl des plötzlichen Übermutes.

»Ich brauche keinen reichen Mann mehr. Geld hat mein Freund im Überfluss und ich bekomme von ihm, was ich will. Hier wünsche ich mir einen verrückten, interessanten, attraktiven Vertreter des männlichen Geschlechtes, mit dem ich viel erleben kann«, kokettierte Linda.

Der Parkführer verabschiedete sich und bot den Reisenden an, jetzt selbst diesen einzigartigen Nationalpark zu erkunden.

Dies kam Chris gerade Recht. Um Linda auch weiterhin bei sich halten zu können, wollte er ihr einen Beweis seiner Abenteuerlust und seine Unerschrockenheit liefern und griff bei dem Spaziergang im Park unter jeden sichtbaren Stein.

Linda schaute ihn erstaunt und bewundernd mit den Worten »Mein Held!« an.

Bald steckte er auch nahezu den ganzen Arm in Erdlöcher, obwohl sie alle über die gefährlichen Insekten und Tiere dort aufgeklärt worden waren. Linda lachte über ihn, stachelte ihn jedoch weiterhin dazu an. Chris merkte nur noch, dass er endlich die Aufmerksamkeit von dieser attraktiven Frau genoss, und bedachte nicht, dass sie das tat, um etwas zu erleben, aber keinesfalls, weil er ihr irgendwas bedeutete. Linda, der längst die Gefühle von Chris für sie klar waren, ermutigte ihn immer mehr, weitere Gefahren einzugehen, und er tat alles, damit er ihr gefiel und sie bei ihm blieb. Er bemerkte nicht, dass er sich wieder nur zum Narren machte, mit seinen unvorsichtigem, kindlichem Gehabe.

Als er ihre Hand nehmen wollte, zog sie zurück. »Wer weiß, was du vorhin in der Erdspalte angefasst hast.«

Seinem Kuss wich sie ebenfalls lachend aus. Sie waren nur zwei unbedachte, kopflose Kinder: sie völlig leichtlebig und er nur darauf fixiert, endlich mal bei einer Frau seines Wunsches zu landen, die jedoch gar nicht zu ihm und seinem Leben passte.

Als er bei dieser Spielerei in die Öffnung unter einem Stein griff, schreckte er erst zurück, denn er fühlte etwas Steinartiges, das rechts ganz heiß und links schmerzhaft kalt war. Mit einem Taschentuch holte er diesen Stein heraus, der eine beige-braun-marmorierte Färbung und das Symbol einer Schlange hatte. Der Stein wirkte wie ein Spielzeug, da er

Wärme und Kälte gleichzeitig ausstrahlte. Er suchte das Batteriefach, da er glaubte, es handle sich um ein batteriebetriebenes Produkt in Steinform, den ein Tourist dort vergessen oder verloren hatte und das an dem einen Ende Wärme und auf dem anderen Ende Kälte erzeugte.

Chris gab den Stein seiner neu gewonnenen Freundin Linda. Sie entdeckte jedoch nichts Ungewöhnliches an ihm und war sehr uninteressiert.

Linda lachte und meinte: »Jetzt ziehst du schon Spielzeuge aus den Erdlöchern. Damit wirst du sicher steinreich.«

Jana, die sich bisher still im Hintergrund gehalten hatte, schaute Chris sorgenvoll an und meinte: »Pass bloß auf, Chris. Wer weiß, welche gefährlichen Dinge hier noch auf dich warten.«

»Ach, das wirkt aber nicht gefährlich«, sagte Chris und gab Jana das Ding in die Hand.

»Vielleicht ein Totem? Steht die Schlange nicht für sexuelle Manneskraft und Abenteuer?«, versuchte Chris zu deuten.

Jana schaute es sich an und meinte: »Vermutlich steht die Schlange eher für die Verführung des Bösen.« Sie hatte keine Ahnung, wie sehr sie damit ins Schwarze getroffen hatte, obwohl die Aborigines bestimmt nichts von Eva und Adam gewusst haben konnten. Jana redete zögernd, nachdem sie den Stein mehrfach hin- und hergedreht hatte: »Ich kann gar nicht erklären, woher die unterschiedliche Wärme und Kälte kommen kann. Ein Batteriefach existiert auch nicht. Vielleicht lag ein Teil des Steines davon doch in der Sonne und wurde daher erwärmt.«

»Quatsch», gab Chris an, »ich war ganz tief drin im Erdloch mit meinem Arm und habe den Schlangenstein von da herausgeholt« und zwinkert dabei Linda zu.

Die vernünftige, besonnene Art von Jana und die aufreizenden Bewegungen von Linda reizten ihn, nochmal mutig in das Loch zu greifen. »Nun finde ich einen Goldklumpen, oder einen mystischen Zauberstab«, gab Chris noch an. Plötzlich schrie er laut auf und zuckte zurück. Aus zwei, stecknadelgroßen Löchern nah beieinander an seinem Unterarm trat Blut aus, wenn auch nur sehr wenig.

Alle drei starrten darauf, als Jana plötzlich sagte: »Das ist ein Schlangenbiss. Die Schlangen hier sind lebensgefährlich. Ich hole den Parkführer.« Sie drückte Chris den Stein hastig in die linke Hand und rannte den Weg entlang, auf dem sich der Parkführer entfernt hatte.

Chris starrte auf die zwei Löcher auf seinen rechten Unterarm.

»Da, da ist die Schlange!«, kreischte Linda auf und zeigte auf den Schlangenkopf, den man nun unter dem Stein sehen konnte. »Sie ist glänzend-schwarz und hart so eine Art Schild auf dem Kopf«, rief sie atemlos. Chris sah sie auch und hatte ein wenig Mitleid mit diesem lackfarbenen Tier, das sich nur hatte verteidigen wollte. Er war sofort nüchtern, sein ekstatisches Hochgefühl war verschwunden. Chris wusste, dass dies womöglich die schwarze Tigerotter sein könnte, die als extrem giftig galt. Auch vor ihr waren sie vom Parkführer vorhin gewarnt worden. Chris wurde schlecht. Sein Kopf dröhnte und er atmete schwer. Konnte es sein, dass das Gift schon wirkte? Würde ihm eine einzige Unbedachtheit sofort das Leben oder den Arm kosten? Einmal hatte er den Verstand und die Vernunft außen vorgelassen und schon sollte er dafür büßen. Oder war das das Zeichen, dass er doch nicht zu den von Gott auserwählen Christen zählte, sondern mit seinem Pech eher in die ewige Verdammnis kam? Chris schüttelte sich. Er wollte den Fluch seiner calvinistischen Erziehung wenigstens kurz vor seinem eventuellen Tod abschütteln.

Da hörte er schon den Parkführer mit Jana heraneilen: »Junger Mann,« redete der

Parkführer schon von Weitem auf Chris ein: »Bleiben Sie ruhig. Ich habe den Arzt des Nationalparks angerufen, der sehr schnell hier sein wird.«

»Mir ist schlecht«, murmelte Chris. Das Blut aus den Bisswunden rann inzwischen an seinem Unterarm entlang. Umständlich holte er aus der linken Hosentasche ein Taschentuch heraus, wobei er noch immer den Stein festhielt. Er drückte das Taschentuch an die Wunde. Das dunkelrote Blut sickerte aus der Wunde heraus und tränkte so langsam das ursprünglich weiße Taschentuch rot. Chris drückte es verzweifelt mit dem Stein gegen die Wunde. Plötzlich spürte er ein Vibrieren des Steines, den er erschreckt zusammen mit dem blutgetränkten Taschentuch fallen ließ. Hatte er jetzt schon Wahnvorstellungen? Er schaute sich um und sah nur Linda, Jana sowie den Parkführer bei ihm stehen. Alle schauten ihn sorgenvoll an. Die Munterste war Linda, die sich den Ort des Geschehens aus sicherer Entfernung sensationsgierig anblickte.

Plötzlich hörte Chris einen Jeep heranfahren. »Der Arzt ist da. Jetzt wird Ihnen professionell geholfen«, rief der Parkführer.

Während Chris dem jungen Arzt auf Englisch den Unfallhergang und das Aussehen der Schlange schilderte, suchte dieser eingehend die Wunde ab. Er schüttelte bei Chris' Erzählung häufiger den Kopf, meinte dann aber: »Es wird höchstwahrscheinlich die schwarze Tigerotter gewesen sein. Ich glaube, dass es sich um einen so genannten Trockenbiss handelt, denn ich kann keinerlei Vergiftungserscheinungen bemerken. Die Tigerotter hat sich mit dem Biss gewehrt, aber kein Gift in die Wunde injiziert. Die Neuproduktion ihres Giftes ist sehr aufwändig und daher geht sie oft sehr sparsam mit ihrem kostbaren Gift um. Deswegen könnte es sein, dass Sie Glück hatten und die Schlange sie nur gebissen, nicht aber vergiftet hat. Ein Antiserum würde ich zum jetzigen Zeitpunkt nicht einsetzen, habe es aber in meinem Wagen für den Notfall dabei.«

»Aber mit ist sehr schwindelig und auch übel!«, gab Chris zu bedenken.

»Das wird der Schock und Ihre Angst sein«, nickte der Arzt sachlich. »Ich bringe Sie dennoch jetzt schnellstmöglich ins Krankenhaus. Dort können wir die absolute Gewissheit darüber bekommen, ob Schlangengift in die Wunde gelangt ist oder nicht.«

Chris nickte. Er hob den merkwürdigen Stein mit dem Schlangensymbol auf und schaute ihn nachdenklich an. Ob dieser warm-kalt-vibrierende Stein wohl eine tiefere Bedeutung hatte - ein Totem war, der über sein Schicksal entscheiden konnte? Chris glaubte an solch einen Quatsch eigentlich nicht. Aber dennoch steckte er den Stein schnell in die Jackentasche und folgte dem Arzt.

Glücklicherweise bestätigte sich die Aussage des Arztes, dass er nur gebissen worden war und keine Vergiftung vorlag. Chris erhielt eine Tetanusspritze und durfte am Abend schon wieder in sein Hotelzimmer in Hobart. Es ging ihm sehr gut und Chris spürte so etwas wie eine Dankbarkeit für sein zweites Leben in sich.

Jana hatte sich nach dem Schlangenbiss zum ersten Mal in Tasmanien gebraucht gefühlt. Bis dahin war sie Linda und Chris im Grunde nur im angemessenen Abstand hinterhergelaufen, unsicher, wie sie sich verhalten sollte. Jana war enttäuscht über Linda gewesen, die Chris ausschließlich für die Restaurierung ihr Selbstwertgefühl ausnutze, das Sascha nach der gemeinsam verbrachten Nacht mit Füßen getreten hatte. Welche tiefen Gefühle Jana für Chris hegte, hatte Linde genau gewusst und dennoch mit Chris hemmungslos geflirtet. Es war typisch für Linda, dennoch hatte Jana sie für eine loyale Freundin gehalten. Aber als die

Hilfe und ein kühler Kopf nach dem Biss der giftigen Schlange verlangt worden war, ging es Jana plötzlich gut. Es war ein bekanntes Terrain und gab ihr Sicherheit. Dennoch war Jana klar, dass der Rest der geplanten Traumreise vermutlich eher einem Albtraum ähneln würde. Sie wusste nicht, ob es besser wäre, wenn Chris mit einer Vergiftung im tasmanischen Krankenhaus zurückbliebe oder wenn er weiter mit ihnen an der Tasmanienreise teilnähme. Dennoch wollte sie auf ihn nicht verzichten und wünschte sich daher, dass er am nächsten Tag wieder mitfahren könnte. Jana hatte keine Ahnung, wie verhängnisvoll seine Rückkehr in die Bikergruppe noch werden würde.

Erst am nächsten Morgen sah Chris seine Mitreisenden wieder. Als er den Frühstückssaal des Hotels betrat, stürmte ihm gleich die braunhaarige Jana entgegen. »Hey, Chris. Was bin ich froh, dass es dir gut geht. Ohne dich wäre die Reise nicht mehr so schön gewesen.« Jana umarmte ihn spontan, während ihre Augen verliebt leuchteten. Chris drückte sie, schämte sich jedoch gleichzeitig dafür, dass er sich wünschte, in seinen Armen läge Linda statt Jana. Nach ein paar Sekunden löste sich Jana wieder.

»Komm an unseren Tisch. Da ist noch ein Platz frei«, forderte sie ihn auf. Er nickte und fragte sich, wie er Jana schonend und schmerzarm beibringen könnte, dass er keine romantischen Gefühle für sie hegte. Oder sollte er sich vielleicht doch auf sie einlassen? Jana würde ihn vermutlich nicht so schnell enttäuschen, denn sie schien echte Gefühle für ihn zu haben.

Noch in diesen Gedanken versunken, erreichte Chris den Frühstückstisch, auf dem noch ein unbenutzter Frühstücksteller sowie sauberes Besteck lag. Der Reiseleiter Guido sowie Linda saßen bereits an diesem Vierertisch.

Mit »Hi, ich bin wieder fit. Was liegt heute an?« nahm Chris neben Linda Platz.

»Guten Morgen, Chris. Da hat dich scheinbar die Schlange auf dem Stein von dem Gift der echten Schlange geschützt. Nun hast du hier in Tasmanien schon einen Schutzgeist gefunden. Er konnte wohl deinen Leichtsinn nicht mit ansehen«, scherzte Linda, während sie Chris anzwinkerte.

»Ich bin ein so toller Mensch, ich ziehe alle guten Geister an«, versuchte Chris den Macho herauszuspielen, was angeblich auf Frauen eine so starke Anziehung ausüben sollte.

Linda lachte kopfschüttelnd auf, setzte dann aber das Schmieren ihres Brötchens wortlos fort.

»Wo ist eigentlich der Stein jetzt? Hast du ihn mitgenommen, Chris?«, mischte sich jetzt Jana ein.

»Ja, mitgenommen habe ich ihn. Aber als ich verletzt war, hat er etwas von meinem Blut abbekommen. Ich habe ihn ungereinigt zusammen mit meinem Taschentuch in die Tasche der Motorradjacke gesteckt.«

»Ach, kannst du mir bitte gleich nochmal den Stein zeigen? Vielleicht hat er doch mystische Kräfte«, versuchte Jana halb scherzend, halb ernst gemeint das Tischgespräch aufrechtzuerhalten.

»Wenn du mir einen ganz starken Kaffee organisierst, gehe ich eben in mein Zimmer und hole den Stein, okay?«, nutzte Chris schon jetzt die Verliebtheit von Jana aus. Sofort zuckte er schuldbewusst zusammen. Von Linda hätte er niemals eine Gegenleistung erwartet. Hätte sie nach dem Stein gefragt, wäre er gleich losgerannt, um ihn für sie zu holen.

»Okay.« Nun war es Jana, die gleich losrannte. Chris wusste, dass er unfair war, aber andererseits ging es ihm jetzt so, wie er es sich immer gewünscht hatte: Eine Frau liebte ihn so sehr, dass sie bereit war, ihn zu bedienen und seine Wünsche zu erfüllen. Es war ein gutes Gefühl, ein erhabenes Gefühl und ein extrem männliches Gefühl. Ein Gefühl, das nach mehr schrie. Chris ahnte nicht, dass es ihm noch zu viel werden würde.

Also schlenderte Chris auch langsam hoch in sein Zimmer und griff in seine linke Motorradjacke. Er zog das dunkelrot getränkte Taschentuch und den handtellergroßen Stein heraus. Das Blut auf dem Taschentuch war eingetrocknet und Chris überlegte einen Moment, ob er dieses »Andenken« als Zeichen seines enormen Glücks aufbewahren sollte. Aber er warf es dann doch in den Abfalleimer in der Zimmerecke. Er hatte immerhin noch den erstaunlichen Stein als ein Symbol seiner knappen Flucht vor dem Tod. Er setzte sich kurz auf sein Bett und betrachtete den Stein, um zu sehen, ob noch immer Blut daran war. Der Stein schien sauber zu sein. Er war so groß wie sein Handteller und hatte eine beige-braune Färbung. Der Stein besaß eine länglich abgerundete Form, so als sei er geschliffen worden. Auf der einen Seite war eine Schlange hineingeritzt: eine einfach gemalte Schlange mit gleichmäßigen, schlangenförmigen Bewegungen. Die Schnitzerei war nicht wirklich eine künstlerische Höchstleistung, eher wie von einem Kind gemalt. Aber es war unverkennbar eine Schlange. Vielleicht war dieser Gegenstand ein Totem von einem Aborigine, einem Ureinwohner. Möglicherweise war es gestern sein eigenes Totem gewesen? Aber die Vorfahren von Chris stammten aus Irland und garantiert nicht aus Australien. Er hieß Daragh mit Nachnamen, was im Gälischen »die Eiche« bedeutet. Chris hatte sich immer für genauso bodenständig, ehrlich, stark und tragend gehalten, wie es sein Nachname versprach. Aber in letzter Zeit hatte er diese Eigenschaften verdammt, da die Gesellschaft scheinbar mehr Wert auf Oberflächlichkeit, Amüsements, Schwächen und das Vorgaukeln von schönen Komplimenten und Lügen Wert zu legen schien.

Chris betrachtete immer neugieriger den Schlangenstein, den er aus der schlangenbesetzten Höhle unter einem Stein herausgeholt hatte. Warum war sein sonst angenehm kühler Fund gestern an einer Stelle so warm und an der anderen kalt gewesen? War dies auf eine unterschiedliche Sonneneinstrahlung zurückzuführen? Chris nahm den Schlangenstein in die linke Hand und diesmal fühlte er sich angenehm warm an. Aber er war an jeder Stelle gleich warm.

Warum hatte der Stein zudem so merkwürdig vibriert, als er mit Chris' Blut in Berührung gekommen ist? Das Vibrieren hatte ihn fast an das seines Mobiltelefons erinnert. Dennoch war es sanfter gewesen und hat nicht gewirkt, als sei es mechanisch verursacht. Das Vibrieren schien ganz natürlich zu diesem Stein zu gehören. Waren das seine Halluzinationen im Schockzustand gewesen? War dieser Stein das Endergebnis neuer Entwicklungen von Wissenschaftlern und vielleicht sogar ein verstecktes Handy oder Abhörgerät?

Chris schüttelte lachend den Kopf: »Der Schock scheint mir noch immer in den Gliedern und wohl im Denkzentrum zu stecken. Das ist alles kann nur eine kranke Einbildung von mir sein.« Er stand auf, steckte den Stein in seine Hosentasche und ging herunter zu Guido, Linda und Jana an den Frühstückstisch.

»Wir dachten schon, du hättest dich verlaufen«, merkte Linda nur kurz an.

»Warum hast du so lange gebraucht?«, fragte auch Jana mehr neugierig als fordernd.

»Als ich den Stein sah, musste ich nochmal an gestern denken. Da hatte ich wohl verdammtes Glück. Ich muss mich tatsächlich noch daran gewöhnen, dass auch wir Männer in Tasmanien gelegentlich gefährdet sein könnten«, erwiderte Chris, während er Jana den Stein in die Hand drückte. Auf einmal erschien von Jana ein warmes Strahlen auszugehen und ihr Gesicht nahm einen glückseligen Ausdruck an.

»Mein Gott«, dachte sich Chris. »Sie weiß doch, dass der Stein kein Verlobungsgeschenk war. Sie sollte ihn sich doch nur anschauen.«

Aber schon war er jedoch von dem intensiven würzigen Geruch abgelenkt, der ihm am Tisch entgegenschlug. Erst jetzt entdecke Chris, dass vor ihm eine Tasse mit dampfendem schwarzem Kaffee stand. Auf dem Unterteller waren zwei Töpfchen Kaffeesahne und zwei eingepackte Würfelzucker.

Jana hatte seinen Blick bemerkt und meinte entschuldigend: »Du hast mir noch nicht gesagt, wie du deinen Kaffee trinkst. Also habe ich Milch und Zucker auf den Unterteller gelegt.«

»Stimmt«, gab Chris zu, »ich mag ihn am liebsten stark und schwarz. Das soll zudem schön machen, aber das habe ich doch gar nicht mehr nötig, oder?« Die offensichtliche Anhimmelung von Jana gab Chris immer mehr das Gefühl, nun den Macho spielen zu können.

Während Linda mit »Du hast Recht, da kann Kaffee auch nicht mehr helfen« konterte, beeilte sich Jana zu sagen: »Mir gefällst du so, wie du bist.« Dann wurde Jana rot. Nun wusste auch der Letzte am Tisch, was Jana für Chris fühlte. Sie war verliebt. Chris gab seinem ersten Instinkt nach und drückte Jana, die links neben ihm saß, kurz dafür. Jana hingegen drücke ihm plötzlich einen Kuss auf die Lippen. Chris schaute erstaunt in die Runde, denn er hätte die ruhige, vernünftige Jana niemals so demonstrativ fordernd und anerkennenswert mutig eingeschätzt.

Leise flüsterte sie ihm zu: »Ich liebe dich.« Nun rutschte Chris doch ein wenig weg. Die Umarmung war ein männliches Dankeschön, nichts mehr. Sie hatte es völlig falsch verstanden.

Auch Linda schaute Jana entsetzt an. Ihr erschien Janas zu offensichtliche Liebeserklärung nach zwei Tagen, die sie Chris erst kannte, ebenfalls untypisch für Jana. So offen kannte sie ihre Freundin gar nicht.

Um die Tischrunde aufzulockern, sagte Linda daher leicht räuspernd: »Tasmanien scheint auf uns alle einen etwas merkwürdigen Einfluss zu haben. Jana, gibst du mir bitte auch mal den Stein? Ich möchte mir mal die Schlange darauf ansehen.« Jana legte Linda den Stein in die rechte Hand, wobei in ihren Augen ein deutlich sichtbares Bedauern aufflackerte.

Linda atmete plötzlich tief durch, als müsse sie sich von einem Schreck erholen.

»Was ist, Linda? Hast du noch etwas Interessantes auf dem Stein entdeckt?«, fragte Chris.

»Nein, da ist nur eine Schlange auf einem schönen Stein. Aber irgendwie war es klar, dass gerade du diesen Stein finden würdest.«

»Warum war das klar?«, Chris erwartete jetzt eine patzige Antwort und freute sich direkt schon auf das unverfängliche Geplänkel mit Linda.

»So toll, wie du bist, müssen die Geister besonders auf dich aufpassen. Der Geist dieses Steines hat sich bestimmt sofort in dich verliebt.« Linda schaute Chris mit strahlenden Augen an.

Chris war verwirrt. Wollte Linda jetzt ihre beste Freundin Jana aufziehen, die ihre Liebe zu demonstrativ kundgetan hatte? Wollte sie das gelegentliche Machogehabe von Chris aufs Korn nehmen? Doch plötzlich spürte Chris, dass sich unter dem Tisch ein Fuß ohne Schuhe zwischen seine Schenkel bohrte und versuchte, sein bestes Teil zu erreichen. Linda saß ihm gegenüber. Obwohl sich in Chris bereits eine starke Lust an diesem Spiel spürbar machte, war ihm die Situation zu grotesk. Erst die ruhige, bedachte Jana und nun noch das Vollweib Linda, die sich gestern noch Sascha an den Hals geworfen hatte.

Chris rutschte mit dem Stuhl ruckartig zurück, sodass ihn Lindas Fuß nicht mehr erreichen konnte. Er räusperte sich: »Guido, willst du dir diesen Stein nicht auch einmal ansehen? Du kennst dich mit den Sitten hier sicher gut aus und könntest mir sagen, ob er womöglich mal ein Totem gewesen sein könnte oder welche Bedeutung es sonst hatte.« Chris nahm den Stein aus der rechten Hand von Linda, die bei seiner Berührung verliebt aufstöhnte. Guido nahm Chris' Fund mit Neugier in den Augen entgegen. Es herrschte Stille am Tisch, während er den Stein hin und her drehte, ihn von Nahem und Fernen betrachtete.

»Tja«, antwortete Guido nach einem tiefen Seufzer, »wie gerne würde ich dir weiterhelfen, Chris. Ich kann aber nur vermuten, dass es sich tatsächlich um ein Totem handelte, das jemand verloren hat oder aus einem bestimmten Grund unter dem großen Stein abgelegt hatte.«

»Aus einem besonderen Grund?«, fragte Chris nach. »Was sollte der Grund sein?«

»Der Legende nach haben hier einige der vergrabenen oder versteckten Gegenstände der Aborigines eine besondere mystische

Macht. Demnach hast du einen Schatz gefunden.«

»Stimmt,« pflichtete Chris ihm bei, »er hat mich schließlich vor dem Gift der Schlange bewahrt.«

Guido nickte: »Du bist ein so sympathischer Kerl, wie ich ihn noch nie während einer Motorradtour hier dabei hatte. Vielleicht sollte der Stein von dir dort gefunden werden.«

Chris lachte auf. »So, jetzt reicht es aber mit den Komplimenten für heute. Sonst werde ich womöglich noch überheblich.« Chris schaute in die Runde und erwartete ein Lachen oder eine ironische Erwiderung. Alle drei Augenpaare schauten ihn ernst und anbetend an. So langsam zog auf Chris' Rücken eine Gänsehaut hoch. Er gruselte sich. Irgendetwas hatte sich verändert, nachdem die Mitbiker sich nacheinander den Stein angesehen hatten und ihn in ihren Händen gehalten hatten. Etwas Mystisches ging hier vor.

Zu allem Überfluss unterbreitete Guido ihm auch noch spontan einen unglaublichen

Vorschlag: »Chris, du bist so sympathisch, intelligent und furchtlos. Du solltest auch Tourführer hier in Tasmanien werden. Du hast die Stelle viel mehr verdient als ich und ich werde persönlich dafür kämpfen, dass du sie auch bekommst. Sie wäre ideal für dich, einem so gutaussehenden, unerschrockenen Kerl.«

Nun fühle sich Chris nicht nur als eindeutig anerkanntes Alphamännchen am Tisch, sondern auch wie auf einem anderen Planeten. Das konnte alles nicht wirklich passiert sein. Entweder erlaubten sich die anderen am Tisch einen ganz miesen Scherz mit ihm oder, woran er gar nicht zu glauben wagte, es war tatsächlich ein Wunder geschehen.

Noch immer verwirrt und grübelnd stieg Chris eine Stunde nach dem Frühstück auf sein Motorrad, um mit der Bikergruppe knapp zwei Stunden zu der ehemaligen Gefangenensiedlung Port Arthur zu fahren. Noch gestern vor dem Schlangenbiss hatte sich Chris sehr auf diesen Ausflug gefreut, der eine lange Motorradtour mit einem gruselig-interessanten Ort verband. Zum jetzigen Zeitpunkt empfand er ganz Tasmanien und die Bräuche der Aborigines, in denen er scheinbar irgendwie verwickelt war, noch erheblich schauriger.

Selbst die faszinierenden und fremdartigen Ausblicke auf die Berge, Regenwälder, die langen weißen Sandstände und Buchten konnten ihn nicht davon ablenken, dass er spürte, wie die Blicke von Jana und Linda ihn permanent durchbohrten.

Nachdem sie ihre Motorräder abgestellt hatten, war ein geführter Rundgang durch diese berühme Sträflingskolonie geplant. Während Jana und Linda abwechselnd versuchten, Chris möglichst nahe zu sein, erzählte der Leiter der Führung durch diese Gefangensiedlung, dass hier vor 150 Jahren die höchstbestraftesten oder aufsässigsten

Häftlinge aus Großbritannien ihre Strafen verbüßen mussten.

Auch Jana fühlte sich plötzlich als Inhaftierter ihrer Gefühle - als Gefangener in einer unrealen Umgebung.

»Fühlst du dich auch so komisch?«, flüsterte sie Linda nach einer Weile zu.

»Ja, etwas hat sich verändert«, antwortete Linda sehr verwirrt, »du hast dich heute am Frühstückstisch auch so merkwürdig verhalten.«

»Ich weiß.« Jana war ihre offenen Gefühlsbekundungen nicht mal so peinlich wie unerklärlich. »Irgendetwas geht hier vor. Ich fühle mich völlig ferngesteuert.«

Linda nickte nur.

Chris hatte sich trotz allem mit nahezu körperlicher Erregung auf den Besuch des ehemaligen Folterkellers erwartet, wurde aber enttäuscht. Diese Haftanstalt hatte seinerzeit die psychische der physischen Strafe aus erzieherischen Gründen vorgezogen. Somit war den Häftlingen jede Art von unnötigem Gespräch und Lautäußerungen untersagt, verbunden mit der Gewissheit, dass Port Arthur ein ausbruchsicheres Gefängnis war. Allerdings wurde den Bikern auch Häuser, in denen es spuken solle, Autopsiekeller und eine Irrenanstalt, in die die Gefangenen verlegt wurden, wenn sie in der Schweigehaft wahnsinnig geworden sind, gezeigt.

Die Vorstellung, wie die Häftlinge im Irrenhaus gelitten haben müssen, entschädigte Chris für den fehlenden umfangreichen Folterkeller. Zum einen schämte er sich für seine an diesem Tag unnormal gesteigerten körperlich spürbaren Befriedigung an dem Schmerz anderer. Zum anderen fühlte er sich jedoch in diesen Momenten als vollwertiger Mann, der offensichtlich doch mit Kampfeslust, Rauheit und einer gehörigen Portion Härte ausgestattet war.

Als ihnen noch eine Stunde zur freien Verfügung, Kauf von Andenken, Fotos oder einfach zum Spaziergang in dieser denkwürdigen Vergangenheit von Tasmanien blieb, stand Linda plötzlich bei Chris. »Ach Chris, lass uns jetzt nur zu zweit hier spazieren gehen. Von Menschenmengen habe ich jetzt genug.« Sie lächelte Chris verführerisch an.

Er schwelgte in seiner Fantasie jedoch noch bei den Härten des Irrenhauses und war im Grunde nicht begeistert, dass ihn jemand begleiten und womöglich vollreden wollte. Daher lehnte Chris ab. »Lieb von dir, Linda. Aber ich muss jetzt noch alles auf mich wirken lassen und möchte mir nochmal einiges hier ansehen. Dafür brauche ich Ruhe. Das würde dich nur langweilen.« Chris ärgerte sich, dass er von Linda gezwungen wurde, sich zu entschuldigen.

»Das macht nichts, Chris. Ich lasse dich völlig in Ruhe und mache absolut alles mit, was du willst.«

In Chris stieg Wut auf. So etwas hatte seine langjährige Verlobte Carina auch gesagt. Und dann? Dann hat sie ihn für einen arbeitslosen Maurer, der plötzlich interessanter und männlicher war, verlassen. Chris schnaubte auf. »Das sagen die Frauen immer. Und dann, wenn es darauf ankommt, ziehen sie den Schwanz ein«, entgegnete er unwirsch.

»Ich bestimmt nicht«, beteuerte Linda glaubhaft. »Ich mag dich sehr und würde wirklich alles für dich tun.«

Lindas Unterwürfigkeit, die noch brodelnde Verletzung durch Carina verbunden mit der noch prickelnden Schauerlichkeit dieses Ortes ließ Chris' Verstand aussetzen. »Wie du meinst, dann komm!«, rief er förmlich, nahm Linda an die Hand und ging hastigen, schnellen Schrittes los. Linda sagte kein Wort, sondern strahlte nur vor Freude.

An einem dichten Busch fernab vom Besuchergedränge blieb Chris keuchend stehen. Er hatte gehofft, seine innere Erregung würde sich durch die sportliche Aktivität legen, was sich jedoch als Irrtum herausstellte.

Linda breitete noch schwer atmend ihre Arme mit einer Unterwerfungsgeste aus, legte den Kopf schief und schnaufte mit einer piepsig hohen Stimme: »Ich sagte doch, ich mach alles, was du willst.«

Nun war es um Chris'' Selbstbeherrschung und Anständigkeit endgültig geschehen. Er hasste diese Frauen, die eine vor dem Spiegel antrainierte Kindlichkeit sowie Naivität nutzten, um die Männer zu verführen und um den Verstand zu bringen. Am Ende waren sie jedoch alle gleich: egoistisch, untreu, nörgelnd, dauernd gelangweilt mit extrem hohen Erwartungen an den Mann - an ihn. Chris' Entschluss stand fest, denn er wusste, dass etwas in Linda ihm verfallen war und er sich jetzt an ihr Rächen konnte für all das, was ihm von ihren Geschlechtsgenossinnen zugefügt worden war.

Er stieß Linda unsanft in den Busch. Sie stöhnte schmerzhaft auf, sagte aber nichts. Chris gab sich nicht einmal die Mühe für einen Kuss oder sie eigenhändig auszuziehen. Er befahl Linda, ihre Bikerhose wie auch den Schlüpfer herunterzulassen und sich hinter den Busch auf den Boden zu legen. Mit enttäuschten Augen sah sie ihn an, gehorchte jedoch sofort. Chris genoss seine plötzlich grenzenlose Macht, die ihre Verliebtheit ihm gab. Er dachte nicht daran, dass Liebe und emotionale Abhängigkeit ein Geschenk sind und den Geber sehr verletzlich machen. Chris dachte nur an seine Erregtheit durch die Macht, die er über sie hatte. Sein Rachegefühl an Carina und seiner Chefin und all den weiblich herumturtelnden Frauen ließ ihn brutal zu Linda werden, die alles wortlos ertrug. Als Chris nach ein paar Minuten endlich die körperliche Entspannung spürte, richtete er sich auf und ging wortlos weg, ohne Linda eines Blickes gewürdigt zu haben. Sie zog sich eilig wieder an und lief ihm hinterher.

»Hat es dir ein wenig gefallen?«, fragte sie mit einer unsicheren Stimme. Das weibliche Gepiepse war verschwunden. Chris wusste plötzlich, dass er erst zufrieden sein würde, wenn viele verschiedene Frauen als Rache für seine eigene Erniedrigung am Boden lägen. Langsam dreht er sich zu Linda um. »Ich kann überhaupt nicht verstehen, was Sascha gestern an dir fand. Du warst steif wie ein Brett. Ich glaube, da sollte ich mich lieber an die süße Jana halten.« Chris spürte, dass jeder Satz wie ein Stachel in Lindas Herz schoss, und genoss es.

»Nein, nein Chris. Das war nur, weil es so plötzlich kam. Ich bin eigentlich ganz anders, du wirst sehen.«

»Mal schauen.« Chris machte eine gleichgültig abweisende Handbewegung.

Auf der Motorradstrecke nachhause fühlte sich Chris, als würde er gerade einen wilden Hengst einreiten. Er merkte, dass Jana ein wenig beleidigt war, dass er sie beim Spaziergang ausgegrenzt hatte und Linda litt noch unter seiner kalten Ablehnung.

Kaum im Hotel angekommen, rief Chris seinen langjährigen Freund Benny in Deutschland an, um ihm von seinem völlig neuen Lebensgefühl zu erzählen. Chris war sich sicher, dass Benny ihn verstehen und ihm symbolisch auf die Schulter klopfen würde. Benny hatte selbst den Calvinisten Glauben abgelegt, da er freier, ohne Angst vor Gottes Entscheidung und mit Spaß leben wollte.

Als Chris ihm alles erzählt hatte, war Benny jedoch entsetzt darüber, dass Chris sich, während er wegen einer nur vorgetäuschten Krankheit arbeitsunfähig geschrieben war, in einen Australienurlaub geflüchtet hatte. Der Krankenschein deckte noch nicht einmal den Großteil seiner Reisetage ab und im Nachhinein stellte kein Arzt in Deutschland eine verlängerte Krankheitsbescheinigung aus. Chris kümmerte es nicht. In Tasmanien mit dem Schlangenstein und seiner Macht über Frauen fühlte er sich nahezu allmächtig. Als Chris zudem ausführlich schilderte, wie sehr Linda gelitten hatte, entfuhr Benny nur ein

»Du Schwein!« Chris wertete es Anerkennung seiner männlichen Fähigkeiten.

Als Chris deutlich klar machte, dass er sich jetzt Jana vornehmen wollte, schaltete sich Benny plötzlich ein: »Chris, du bist wahnsinnig geworden. Hat dich das Gift der Schlange doch erwischt oder hast du einen Sonnenstich bekommen? Jana scheint eine ruhige, anständige Frau zu sein, die nicht versucht, Männer zu schädigen oder zu benutzen. Sie gehörte genau zu der Sorte Frau, mit der du glücklich werden könntest. Lass sie in Ruhe oder du bekommst es mit mir zu tun. Halt dich an Frauen, die deinen grausamen Spielchen gewachsen sind.«

»Die gibt es nicht«, gab Chris großspurig an. »Der Stein mit der Schlange gibt mir jede Macht über die Frauen, die ich haben will. Vielleicht stimmt das doch mit der großen Kraft der mystischen Gegenstände im Glauben der Aborigines.«

»Chris, das ist Schwachsinn! Jana hat sich einfach nur in dich verliebt. Da stimmt die

Chemie. Und Linda hat es darauf angelegt, dass du auf sie ziehst. Vielleicht brauchte sie deine Bewunderung, weil Sascha sie fallen gelassen hatte oder auch nur, weil ihre Freundin dich toll findet. Frauen sind so. Dennoch hättest du ruhig netter zu ihr sein können. Ich frage mich, wo der anständige Chris geblieben ist?«

»Ach, Benny. Du verstehst es nicht. Endlich einmal kann ich es den Frauen heimzahlen.«

»Nicht jede Frau hat es verdient. Es gibt ehrliche und verlogene Frauen. Genau wie bei uns Kerlen.«

»Ach, Benny. Du kannst mir kein schlechtes Gewissen einreden. Ich war immer anständig, habe mich um meine Verlobte gekümmert, Geld nachhause gebracht, bin treu und liebevoll gewesen. Und meine Freundin sucht sich einen ungehobelten, wenig intelligenten Arbeitslosen. «

»Nun, Chris. Dafür bist du jetzt offensichtlich das Schwein. Aber übertreibe es nicht damit, Junge. Wir wollen beide doch auch ehrenwerte

Männer bleiben, oder?« Bennys Frage war rhetorisch gemeint und Chris grummelte nur ein wenig ins Telefon.

»OK, Chris. Halt die Ohren steif in Tasmanien und konzentriere dich mal lieber auf die Zähmung deines Bikes. Tschüss!« Benny legte auf, ohne eine Antwort abzuwarten. Das war unter den beiden Freunden üblich, denn sie telefonierten oft, wenn auch nur kurz miteinander.

Chris musste an diesem Abend schon wieder seinen Koffer packen, da die Reisegruppe am nächsten Morgen das Hotel verlassen würde und eine lange, interessante Motorradtour nach Strahan vor sich hatte. Er hatte sich von Anfang an sehr auf diese lange Fahrt mit dem Bike gefreut, aber jetzt war er abgelenkt. Ja, Benny hatte Recht gehabt. Chris wollte die Unterwerfung vor allem der frechen, dreisten Frauen und den Schmerz der Liebe in ihren Augen wie auch in ihrem Verhalten sehen. Hier hatte er die erste und beste Chance, mit den Frauen seine eigenen quälenden Spielchen durchzuziehen und so vielleicht selbst den inneren Frieden zu finden. Benny hatte sehr gut erkannt, dass Chris es zu heftig mit Linda getrieben hatte. Diese erfahrene Frau würde sich jetzt zurückziehen und genau das wollte Chris nicht. Noch hatte er sie nicht vollständig leiden gesehen. Da ging noch mehr.

Von wegen, Chris solle ehrenwert bleiben. Anständige, ehrliche Männer bekommen keine guten Frauen ab, sondern nur Nachteile und die Hörner aufgesetzt. Chris war ein richtiger Mann und wollte es jetzt in Tasmanien auf allen Gebieten auch beweisen. Er hatte Blut geleckt an der Wildnis, der Freiheit, der Macht und der Erniedrigung.

Auch Jana und Linda packten ihre Koffer für die Weiterfahrt am nächsten Morgen. Beide sagten lange nichts, dann begann Jana das Gespräch.

»Willst du mir nicht erzählen, was zwischen dir und Chris passierte, als ich nicht dabei war?« Jana war wütend, dass Linda sie alleine zurückgelassen hatte. Jana war ärgerlich, dass Linda mit ihrem Angebeteten losgezogen war. Aber sie war dennoch ihre beste Freundin seit vielen Jahren und das sollte kein Mann zerstören können.

»Nein«, sagte Linda und brach in Tränen aus.

»Linda, was ist denn los? Hat er dich geschlagen oder vergewaltigt?«

»Nein, eigentlich nicht. Nicht wirklich.«

»Eigentlich? Habt ihr ...?«

»Ja.« Lindas Antwort war knapp und traf in seiner Klarheit mitten in Janas Herz. Nach ein paar Minuten fragte Jana jedoch weiter: »Und es war nicht schön?«

»Ich dachte schon, aber wohl nicht und er war sehr rau.« Lindas Schilderung sagte alles aus. Jana verstand und hätte sowohl Linda als auch Chris am liebsten eine Ohrfeige gegeben.

»Wie soll es weiter gehen mit euch?«, wollte Jana wissen.

»Keine Ahnung. Es tut mir leid, Jana. Ich wollte dich nicht verletzten, aber wie du heute schon gesagt hast: Ich fühle mich bei Chris wie eine Marionette ohne eigenen Willen. Ich komme dagegen einfach nicht an.«

Jana nahm Lindas Hand. »Ich weiß. Da kann ich nur noch hoffen, dass wir diese Reise nicht eines Tages verfluchen werden.«

Chris konnte kaum den nächsten Tag erwarten, an dem er das Spielchen mit Linda weiterführen wollte. Er verzichtete auf das Frühstück, denn er war gesättigt von der Vorfreude und Erwartung.

Als sich die Motorradgruppe vor dem Hotel an ihren Bikes und dem Gepäcktransportwagen traf, ging Chris ganz selbstverständlich auf Linda zu.

Er umarmte sie ganz herzlich und flüsterte ihr ins Ohr: »Die Gefangenensiedlung hat mich gestern ganz schön runtergezogen. Ich hoffe, wenigstens du hast gut geschlafen, Liebes!« Linda, die von Chris Kehrtwendung völlig überrascht war, wehrte sich nicht gegen den zärtlichen Kuss von ihm.

»Komm, Linda. Ich helfe dir, das Gepäck zum Bully zu bringen. So eine schöne Frau wie du bringt jeden Mann dazu, ihre Koffer zu tragen«, ergänzte Chris laut und zwinkerte Linda zu.

Linda kämpfte mit den verschiedensten Gefühlen: Scham, Wut, Freude und vor allem Verwirrtheit und Unverständnis über Chris' Verhaltenswechsel ihr gegenüber. Aber da sie noch immer viel für ihn empfand, entschied sie sich, nicht beleidigt zu reagieren, sondern sein brutales Verhalten am Vortrage zu übersehen.

Jana war genauso durcheinander. Zum einen wünschte sie sich, an Lindas Stelle zu sein und Chris näher kommen zu können. Zum anderen konnte sie sich den Stimmungswechsel von

Chris auch nicht erklären. Anscheinend war es am Vortage doch nicht so schlecht zwischen den beiden gelaufen, wie Linda angedeutet hatte. Jana fühlte sich zudem gekränkt, dass Chris ihre Freundin als so außerordentlich hübsch bezeichnete, während er sie selber nicht eines Blickes gewürdigt hatte. Sie nahm sich vor, sich von Linda und Chris während der Fahrt ein wenig fernzuhalten.

Nach ungefähr zweieinhalb Stunden erreichten sie die Derwent Bridge und hatten somit die Hälfte der Strecke zum Zielort Strahan erreicht. Hier war eine längere Pause mit Besichtigungstour des nahe gelegenen tiefsten Südwassersees Australiens Lake St. Clair sowie des Lake St. Clair National Park geplant. An dem See gab es viele Wanderwege und sehr schöne Wälder mit wilder Natur. Aber auch die kleine Siedlung Derwent Bridge sollte eine Besichtigung Wert sein.

Chris trug permanent den Stein bei sich. Er hatte Angst, dass mit dem Verlust dieses wertvollen mystischen Gegenstandes auch seine Macht über Frauen wieder sinken und er erneut zum herzensguten, aber wenig einflussreichen »Weichei« werden würde, das er davor gewesen war.

Um Linda wieder an sich zu binden, sprach er sie nach dem Abschließen der Motorräder sofort an: »Hey Liebes, du kommst mit mir. Zusammen werden wir viel Spaß bei der Besichtigung der wilden Natur in diesem Nationalpark haben!«

Linda spürte, dass es ein Fehler war, aber dennoch schaffte sie es nicht, ihm abzusagen. Stattdessen kam ein: »Klar, ich freue mich!« heraus.

Jana, die ihr Motorrad neben Linda geparkt hatte, war die Empörung ins Gesicht geschrieben: »Aber Linda, wir haben doch diese Reise zusammen als Freundinnen geplant. Und jetzt lässt du mich schon wieder alleine?«

Chris mischte sich ein, ehe Linda noch einen Rückzieher machen konnte: »Ach Jana!« Chris legte den Arm um ihre Schultern und zog sie an sich heran: »Ich mag dich extrem gerne, aber ich möchte heute etwas mit Linda unternehmen. Zu zweit kann man eher Rücksicht auf die Interessen jedes Einzelnen nehmen, als es zu dritt oder in der Gruppe möglich wäre. Zu mehreren langweilt man sich daher schnell und du wolltest doch bestimmt nicht, dass ich mich unwohl bei euch fühle?« Jana spürte die Wärme von Chris' starken Oberkörpers, an den er sie gedrückt hatte. Überwältigt von seiner Anziehungskraft und seiner manipulativen Ansprache schüttelte sie ergeben den Kopf und fühlte sich nahezu wie eine enge Vertraute von ihm.

Chris reagierte mit leiser, nahezu verschwörerischer Stimme, während er ihr liebevoll und fest in die Augen sah: »Jana, ich wusste, dass du hier die Vernünftigste bist.

Wir beide verstehen uns. Das nächste Mal kann ich gerne auch mal nur mit dir etwas unternehmen.« Dann drückte er sie noch kurz und verschwand mit Linda.

Jana befand sich in einem Glücksgefühl. Chris schien wohl doch zu wissen, was er an Jana hatte, redete sie sich ein. Aber das angenehme Gefühl verpuffte plötzlich, als sie bemerkte, dass sie plötzlich völlig alleine und mit einer gehörigen Eifersucht die Zeit bis zur Abfahrt in vier Stunden überbrücken musste. Und dabei hatte Jana so viel Geld für diesen teuren Urlaub ausgegeben, um mit Linda eine interessante, abenteuerliche und vor allem gemeinsame Zeit hier zu erleben.

Chris hingegen hielt sofort Lindas Hand, als sie außer Sichtweite von der Gruppe und vor allem Jana waren. Chris nahm nicht Rücksicht auf Janas Gefühle, weil er sie nicht verletzten wollte. Vielmehr wollte er nicht riskieren, Jana noch benutzen zu können. Linda verhielt sich weiblich, sanft und anhänglich. Auch Chris zeigte sich romantisch, verbunden mit führender Dominanz. In einem Touristengeschäft kaufte er Linda eine Halskette mit einem Anhänger aus hellblauem Sodalith aus Tasmanien, der farblich an ihre Augen erinnerte.

»Der ist genauso schön wie deine strahlenden, blauen Augen!«, sagte Chris, als er ihr die Halskette schenkte. In der Tat schimmerten Lindas Augen gerade in diesem Moment aus Freude warm und wie ein leicht bewegtes hellblaues Meer. Chris empfand noch immer ein Kribbeln, wenn ihre hellblauen Augen ihn warm anstrahlten. Sie küsste Chris vor Freude und hatte seine Rohheit und Kälte des Vortages inzwischen vollkommen verdrängt.

Leise flüsterte Chris ihr ins Ohr: »Heute Abend möchte ich die Kette auf deiner nackten Haut in meinem Hotelzimmer sehen!« Linda wurde rot, nickte aber sofort.

Nach einem für Chris sehr anstrengenden Spaziergang, da er sich dauernd darauf ausrichtete, was Linda wohl gefallen könnte und an ihn binden könnte, kamen sie überpünktlich zu ihren Motorrädern zurück.

»Schau mal, Jana, was Chris mir geschenkt hat.« Überstolz und in ihrer eigenen Liebeswelt gefangen zeigte Linda der zermürbten und verärgerten Jana die Halskette. Jana ging auf Chris zu: »Ich hätte euch beide doch für rücksichtsvoller gehalten.«

Einen kleinen Moment regte sich in Chris ein Gefühl des Mitleids und Bedauerns, doch er verdrängte es sofort. Chris war schließlich ein freier Mann und konnte tun und machen, was er wollte. Die Frauen hatten in der Vergangenheit auch nie Rücksicht auf seine Gefühle genommen. Chris drehte sich wortlos weg.

»Okay, Chris. Dann sei wenigstens so anständig und gehe mir den Rest der Reise aus dem Weg.« Jana wartet keine Antwort mehr ab, sondern ging erhobenen Hauptes zu ihrem Motorrad. Chris schaute ihr erstaunt hinterher. Ließ die Wirkung des Steines nach einer Weile nach oder hatte diese Frau wider Erwarten so viel innere Stärke? Ein Anflug von Achtung für ihr Verhalten kam in ihm auf. Aber er war sich sicher, dass er auch diese Frau noch klein bekommen würde, genau wie all die anderen Frauen auf dieser Reise: eine nach der anderen.

Die zweite Motorradetappe nach Strahan am späten Nachmittag tat dem erschöpften Chris sehr gut. Sie sahen, wie immer in Tasmanien, eine raue, naturbelassene Landschaft, der Wind kühlte Chris' Zorn auf Frauen ein wenig herunter und die Fahrt ohne anstrengende Gespräche war eine Wohltat für ihn.

Sie fuhren weiter durch Queenstown an die tasmanische Westküste, an der sich Strahan befand. Chris genoss nicht nur das Motorradfahren auf den kurvigen Straßen, sondern auch den Anblick der rosa und grau schimmernden Berge um sie herum. Aber auch die kleine Hafenstadt Strahan mit dem Hafen bot eine einzigartige Atmosphäre. Begeistert war Chris vom schlichten, weißen Leuchtturm an der Hafeneinfahrt. Er freute sich schon den ganzen Tag auf ein gutes Abendessen mit frisch gefangenem Fisch.

Einige der Biker wollten zusammen in ein Fischrestaurant gehen, dass der Reiseführer Guido Ihnen empfohlen hatte. Linda schloss sich sofort der Gesellschaft mit Sascha, Chris und den anderen an. Jana schüttelte nur traurig den Kopf, als sie gefragt wurde, ob sie mitkäme.

Chris unterhielt sich viel mit Sascha, dem attraktiven Musicaldarsteller und Ex-Geliebten von Linda. Er hoffte, noch Tipps im Umgang und der Verführung von Frauen zu erlernen. Chris hatte plötzlich nichts anderes im Kopf als die Frauen und wie man sich an ihnen wirkungsvoll rächen kann. Aber im Grunde kehrte das Gespräch immer wieder auf Tasmanien und die herrliche Natur zurück. Linda war im Gegensatz zu dem Anfang der Reise sehr ruhig und suchte fast nur den Blick zu Chris. Ihre Anhänglichkeit fing an, ihn langsam zu nerven. Er fühlte sich nicht mehr frei.

Aus Ärger über die Klammerung von Linda begann er ein Gespräch mit Marion, der Ehefrau des ruhigen Peters.

»Hi Marion, ist ja super, wenn man als Ehepaar so etwas zusammen unternehmen kann. Es ist sicher eine bindende Erfahrung.«

»Ja, Chris. Wir konnten die Kinder gut bei ihren Großeltern unterbringen und haben uns jetzt mal diese Wunschreise gegönnt. Es tut gut, zumal das Eheleben im Alltag mit drei Kindern und Berufstätigkeit von uns beiden erheblich leidet.«

»Drei Kinder und noch berufstätig? Das ist eine Leistung, was du so hinbekommst, Marion!«

»Wir haben noch Eltern von beiden Seiten, die uns sehr unterstützen. Aber man muss sich dennoch als Organisationstalent beweisen, wenn man all diese Termine mit Kinderhort, Kindergarten, Schule, Ärzten und Beruf unter einen Hut bringen will.« Marion strahlte voller Stolz. Aber sie wirkte auch ernst und man sah ihren dunklen Augenringen an, dass so mancher nächtlicher Schlaf wohl unter der Terminvielfalt gelitten haben musste. Plötzlich spürte Chris mehr als Hochachtung für die Leistung und Ernsthaftigkeit dieser starken Frau. Ob wohl auch sie durch seinen Stein manipulierbar war?

Er spürte, dass Linda neben ihm die Hand auf seine Schenkel legte. Sie tastete sich stückweise zum Schritt vor. Sie spürte offensichtlich seine Achtung vor Marion und wollte ihn wirkungsvoll ablenken. Chris schob Lindas Hand weg, denn er hatte nur noch das Bedürfnis, diese hochorganisierte Verstandesmutter und -frau abhängig zu machen.

»Glaubst du an die Mythen und Totem der Aborigines?«, fragte er sie lauernd.

»Eigentlich nicht. Das ist nur ein Aberglauben, wie auch der Katholizismus und andere Religionen ihn haben.« Sie verurteilte dies nicht. Marion sprach klar und langsam ihre Meinung aus.

»Hier.« Chris holte den Stein mit der Schlange aus der Motorradjackentasche und hielt ihn Marion hin. »Diesen Stein habe ich hier im Nationalpark unter einem Stein gefunden. Da ist eine Schlange drauf und danach hat mich eine schwarze Tigerotter gebissen.«

Marion nickte: »Ja, das habe ich schon gehört. Es war wohl ein wenig leichtsinnig, hier in Tasmanien seinen Arm einfach so in Löcher zu stecken. Aber in Deutschland kennt man ja solche Gefahren auch nicht.«

»Ich behaupte, dieser Stein hat mich vor dem Gift der Schlange bewahrt.« Chris hielt Marion immer noch unbeirrt den Stein hin. Sie sollte ihn endlich nehmen. Erst dann hätte er Gewissheit.

»Was soll ich mit dem Stein?« An Marion war extrem schwer heranzukommen. Dies erhöhte nur noch mehr den Reiz auf Chris. Sie lächelte höflich, aber auch ein wenig abwesend. Ihr Mann Peter hörte zu, beteiligte sich jedoch nicht an dem Gespräch. Er sah genauso überarbeitet aus wie seine Frau. Das Ehepaar Marion und Peter schienen fest verbunden, jedoch nicht durch Romantik, sondern durch ihren gemeinsamen Lebensplan. Sie beide wirkten wie enge Arbeitskollegen oder Geschäftspartner, aber nicht wie ein Paar, dass sich in den Arm nimmt oder liebkost.

»Wenn er mich beschützt hat, kann er vielleicht auch dich vor Gefahren beschützen?«

Marion stöhnte auf und lachte dabei: »Okay, schaden kann es ja nicht.« Sie nahm den Stein in die Hand und schaute ihn sich an.

Gespannt blickte Chris auf irgendeine Regung in ihr, die durch den Stein ausgelöst sein könnte. Nichts war sichtbar. Sie drehte den Stein ein paar Mal um und gab ihn Chris wieder zurück: »Vielleicht stammt er wirklich von Aborigines. Die Schlange ist einfach geschnitzt, fast ein wenig wie von einem Kind. Aber es kann auch aus einem Touristenladen stammen.« Marion schaute Chris an. Er suchte nach Wärme in ihren Augen oder Verlangen, aber Chris konnte in den braunen Augen nichts Derartiges entdecken. Hatte er sich in der Wirkung des Steines geirrt? Konnte es sein, dass sein Einfluss auf Linda oder Jana nur auf Chris' verändertes kaltes Verhalten und das Machogehabe zurückzuführen war? Oder hatte der Stein an Wirkung verloren?

Chris war sehr verwirrt und zudem den weitern Abend fixiert auf Marion. Diese Frau schien er nicht bekommen zu können.

Als Chris noch immer grübelnd in sein Hotelzimmer ging, dachte er nicht mehr an seine Einladung an Linda. Kurze Zeit später klopfte es an der Hoteltür. Chris hoffte auf Marion, die doch noch der Liebeswirkung des Steines zum Opfer gefallen wäre, aber es war Linda, verhüllt in einen edlen weiß-roten Morgenrock. Wortlos ließ er sie herein. Sie stellte sich in das Hotelzimmer, machte den Morgenmantel auf und ließ ihn einfach zu Boden fallen.

Vor ihm stand die schmale, attraktive Linda völlig nackt. Ihre weiße, makellose Haut wurde am Hals mit seiner Kette geschmückt. Ihre blonden langen Haare fielen locker herab und sie trug hohe rote Pumps. Sie stand da einfach und rührte sich nicht. Ihre Wangen waren rosa gefärbt und ihre blauen Augen glitzernden auffordernd.

Chris schaute sie lange an. Sie war fast perfekt. Sie wäre absolut perfekt gewesen, wenn sie Widerstand gezeigt hätte. Sie war nicht mehr zu erobern. Sie gab sich ihm hin als Geschenk und das bedeute keine Leistung mehr für ihn. Keine Belohnung mehr, sie zu bekommen. Wo es keine Bemühungen und keinen Kampf mehr gab, da gab es auch keinen Triumph. Der Sieg, der ihn im Höhepunkt dann ins Unermessliche getragen hätte und der nur noch sein einziges Lebensziel zu sein schien.

Dennoch konnte er Linda nicht zurückweisen. Ihre Hingabe erregte ihn ebenfalls. Es war eine heiße und lange Nacht, in der er seine Fantasien vortrug und sie sie ihm erfüllte, wie es eine gut bezahlte Prostituierte getan hätte. Chris empfand diese Nacht als unvergesslich schön, aber sie als Frau war nur ihm nicht mehr wichtig und hatte den Status eines One-Night-Stands für ihn.

Am nächsten Morgen wachte Chris mit starken Kopfschmerzen auf. Er erinnerte sich daran, dass er im einheimischen Fischrestaurant gestern Abend etwas zu viel vom Rotwein genossen hatte. Chris ärgerte sich darüber, denn für den heutigen Tag war eine mehrstündige Motorradtour teilweise am Arthur River entlang bis zur Kleinstadt Waratah geplant. Chris wusste, dass die Straßen holprig sein würden, da die einzigartige Wildnis teilweise naturbelassen und unbewohnt war.

Linda regte sich neben ihm. Chris stöhnte auf. Er hoffte, Linda würde ganz schnell ihren Bademantel und ihre Pumps, die noch immer auf dem Boden verteilt waren, anziehen und in ihr eigenes Hotelzimmer verschwinden. Er hatte kein Interesse mehr an ihr. Selbst ihr makelloser, wohl geformter Körper übte keinerlei Reiz mehr auf ihn aus. Chris hatte das Gefühl, ein Tier erlegt zu haben, das bereits lahmte und daher weit unter seiner Würde als glorreicher Eroberer wie auch Verführer gewesen war.

Linda hingegen kuschelte sich nackt an Chris an. Sie war weich, warm und willig. »Haben wir noch ein wenig Zeit, bevor der heutige Abenteuertag beginnt?«, fragte sie mit einer verführerisch sanften Stimme.

»Ich glaube nicht«, beeilte sich Chris zu sagen. Er schaute auf sein Mobiltelefon, das in Tasmanien als Wecker gute Dienste leistete. Es war erst Viertel nach sechs. Um acht Uhr dreißig sollte es nach einem guten Frühstück losgehen. Chris erklärte daher bestimmend: »Ich habe gestern wohl etwas zu viel Wein getrunken. Ich möchte mich noch ausgiebig duschen und gut frühstücken, damit ich dann wieder fit für die Tour bin.«

»Duschen und Frühstücken können wir doch auch wunderbar zusammen!« Linda ließ nicht locker.

Chris spürte Anflüge von Raumangst und Enge. Er sprang panisch aus dem Bett. »Du solltest wohl auch langsam zu deiner Freundin Jana zurück in euer Hotelzimmer gehen. Oder gehörst du auch zu den liebestollen Frauen, die ihre beste Freundin vergessen, sobald sie endlich mal von einem Mann beachtet werden?« Chris wusste, dass sein Rausschmissversuch hart und verletzend war, aber er wollte Linda endlich los werden. Sie war ihm nur noch lästig.

»Na gut, ich kümmere mich nun um die ruhige, graue Jana. Ich weiß ja, dass sie dir leidtut, da sie in dich verliebt ist. Aber sie muss früher oder später doch akzeptieren, dass wir nun ein Liebespaar sind«, quasselte Linda munter drauflos, während sie sich endlich anzog.

»Sind wir das?«, fragte Chris kalt zurück. »Wir haben eine Nacht zusammen verbracht. Mehr nicht.«

Linda, die gar nicht genau aufnahm, was Chris zu sagen versuchte, plapperte unbekümmert weiter: »Aber heute Abend im großen Zelt schlafen wir doch wieder nebeneinander?«

»Ach ja, richtig!«, fiel es Chris wieder ein. Die nächste Nacht in Waratah würden sie alle in einem Zelt zusammen mit dem Reiseleiter schlafen, eingehüllt in Schlafsäcke. Davor würden sie draußen vor dem Zelt zusammensitzen und Geschichten sowie Mythen von Tasmanien und von den Aborigines hören.

Chris machte einen Freudesprung. »Das wird echt klasse heute Abend. Abenteuer und Natur pur!«, sagte Chris halblaut vor sich hin.

»Ich sitze dann neben dir und wärme dich!«, beteuerte Linda liebevoll.

Nun reichte es Chris. »Linda, wir haben zwei Mal zusammen geschlafen. Das gibt dir kein

Recht, mich als Besitz zu betrachten. Ich bin weiterhin frei und kann tun und lassen, was immer ich will. Hast du das verstanden?«

Linda schaute Chris mit großen Augen an. Sie hatte sich endlich die Pumps angezogen und verschloss den Bademantel mit einem Ruck des Gürtels. »Aber hat es dir denn nicht gefallen mit mir?«

»Linda, es war okay! Aber um ehrlich zu sein: Mit meiner höchst attraktiven Chefin auf dem Büroschreibtisch kommt unsere Nacht bei Weitem nicht dran.« Chris drehte sich kalt um, nachdem ihm die Lüge so flüssig über die Lippen gegangen war. Er hörte hinter sich ein Aufschluchzen und das Zuschlagen der Hotelzimmertür.

»Puh, endlich allein!«, seufzte Chris, als plötzlich sein Handy klingelte. Nanu, es war ungefähr 6:30 Uhr. Er schaute auf das Display und erkannte die Handynummer seiner Chefin im entfernten Deutschland. So oft hatte sie ihn über diese Nummer früher angerufen und ein stilles Treffen verlangt, auf das er aus Anständigkeit nie eingegangen war. Warum rief seine Chefin ihn denn schon wieder und zu dieser frühen Uhrzeit an? Chris erinnerte sich dann jedoch an die Zeitverschiebung zu Deutschland und meldete sich mit einem mulmigen Gefühl in der Magengegend. »Hallo?«

»Herr Daragh? Hier ist Frau Narowski, Ihre Chefin, wenn Sie sich noch daran erinnern sollten.«

»Ja klar, Frau Narowski!« Zu Chris' großem Ärger klang seine Stimme plötzlich kleinlaut. Er hatte sich zuvor auf sein Hotelbett plumpsen lassen, stand aber jetzt sofort wieder auf, um kerzengerade strammzustehen. Chris wollte nicht wieder kuschen, nicht in Tasmanien, nicht hier. Er besaß jetzt Macht und wollte ab sofort der Tonangebende sein. »Was gibt es so Wichtiges?« Chris bemühte sich um eine gleichgültige, vorwurfsvolle Stimme.

»Herr Daragh - Ihre Krankschreibung endete letzten Freitag, also vor vier Tagen. Wo waren Sie gestern? Ich habe Sie am Montag nicht im Büro gesehen, auch wenn das irgendwie nicht verwunderlich sein sollte, denn Sie gehören eigentlich nur zu den stillen, ausführenden Arbeitnehmern hier.«

»Ich weiß ihre Sorgen um mich sehr zu schätzen«, gab Chris kalt zurück, »aber ich bin nach wie vor krank. Die Arbeitsunfähigkeitsbescheinigung bringe ich mit, wenn ich wieder im Büro bin.«

»Herr Daragh, ich verlange, die Krankenbescheinigung morgen auf meinem Schreibtisch!«

»Das wird nicht gehen, Frau Chefin. Wie ich bereits sagte, bin ich krank. Der nette Kollege Herr Bramzik aus der Buchhaltung wird mich sicher noch die paar Tage vertreten können. Er scheint als Vertretungskraft sehr willig zu sein. Herr Bramzik hat sich Ihnen doch auch sehr bereitwillig als Vertretung Ihres Mannes im Hinblick auf die ehelichen Pflichten angeboten. Falls es Ihnen, Frau Narowski, zu viel Mühe machen sollte, werde ich meinen Vertretungsvorschlag Ihrem Mann auch nur zu gerne persönlich unterbreiten.«

Zuerst herrschte absolute Ruhe in der Leitung. Chris war sich klar, dass seine Chefin seine Erpressung erst verdauen musste. Siegessicher wartete Chris ab. Zur Not gab es auch noch den Liebesstein, wenn er zurück nach Deutschland kam. Diese Macht würde sein ganzes Leben verändern. Er würde alles bekommen, was er wollte. Seine schwierige und untreue Chefin würde ihm noch anflehen, ihr zu verzeihen.

»Also gut«, räusperte sich jetzt Frau Narowski, »vorerst muss ich wohl warten, bis Sie wieder gesund sind.«

»Vielen Dank, Chefin«, säuselte Chris und beendete das Gespräch, ohne noch eine weitere Antwort von Frau Narowski abzuwarten.

»Willkommen im neuen Leben. Danke dir, du Stein der Macht!« Und Chris küsste diesen Stein mit der Schlange darauf voller Inbrunst und mit dem Kopf voller teuflischer Gedanken.

Mit einem Hochgefühl des Sieges auf ganzer Strecke absolvierte Chris die Biker-Holperstrecke mit Bravur. Er konzentrierte sich auf das Freiheitsgefühl, das ihm die unbegrenzte Wildnis, der kühle Fahrtwind, die eigenbestimmte Schnelligkeit und dieser mächtige Liebesstein vermittelten.

Um Jana, Linda oder Marion kümmerte er sich nicht. Chris war frei und fühlte sich als reicher Sultan mit einem unbegrenzt großen Harem.

Als sie nach knapp zwei Stunden das erste Mal für eine Pause an einer hellen Lichtung des Regenwaldes anhielten, kam Jana zielstrebig auf Chris zu. »Was für ein Widerling du doch bist. Linda war völlig am Boden zerstört, als sie heute Morgen von dir zurückkam. Was hast du denn mit ihr gemacht?«

»Nichts, was sie nicht auch wollte«, entgegnete Chris hart.

»Du bist ein verdammtes Schwein!«, brüllte Jana ihn plötzlich an. Alle Mitreisenden starrten die beiden an.

»Ach Jana, was soll dein eifersüchtiges Rumgezicke. Linda ist freiwillig zu mir gekommen und ich habe sie weder festgehalten, noch zu etwas gezwungen. Wenn sie gleich meint, mich anketten zu müssen und eine feste Beziehung daraus machen möchte, so ist das allein ihre Sache. Ich habe ihr nie mehr versprochen. Zudem hat sie doch in Deutschland einen festen Freund mit einer offenen Beziehung.«

»Du spielst doch hier mit allen Frauen«, verteidigte Jana ihre Freundin nur noch halbherzig.

»Ganz falsch, liebe Jana! Ich genieße einfach nur diese teure Reise durch das abenteuerliche Land. Wenn ich mich aus meiner guten Stimmung heraus mit den Mitreisenden, unter denen sich nun mal auch sehr nette Frauen befinden, angeregt unterhalte und freundlich bin, so wird das sicher keiner negativ bewerten. Mit Ausnahme von dir offensichtlich, liebe Jana.«

Das saß. Jana hatte einen hochroten Kopf vor Scham und Wut. Sie zog sich wortlos zurück.

Chris schaute die Mitbiker an, die dieses Schauspiel sehr interessiert verfolgt hatten. Marion, die Ehefrau von Peter, hatte ein warmes Glitzern in den Augen und nickte. Chris stockte. Sollte der Stein gestern Abend doch ihr Herz für ihn zum Glühen gebracht haben? Plötzlich spürte Chris wieder sein starkes Verlangen nach Marion, die einem anderen Mann gehörte. Ihre zurückhaltende Art, ihre Anständigkeit, ihre Weigerung, sich ihm hinzugeben und zu unterwerfen, ließ seinen ganzen Körper beben. Er musste sie bekommen. Sie musste sich ihm an den Hals werfen und bereit sein, aber auch jede Forderung von ihm zu akzeptieren.

Dafür wäre es klug, Jana, die er vor allen Augen gedemütigt hatte, wieder auf überlegende Art milde zu stimmen. Er durfte keine weiblichen Feinde haben, wenn er Marion zur ehelichen Untreue verführen wollte. Er brauchte keine gekränkten Frauen, die schlecht über ihn redeten, sondern weibliche Bewunderer, die Marion eifersüchtig und neidisch machen sollten.

Also ging Chris zu Jana, die sich jedoch beleidigt wegdrehte. Mit einer halblauten, deutlichen sowie dunklen Männerstimme redete Chris auf ihren Hinterkopf ein: »Hey Jana, ich meine es doch gar nicht böse. Lass dich von deiner dominanten Freundin bloß nicht manipulieren. Wir haben uns doch immer so gut verstanden. Lass Linda ein wenig zur Ruhe kommen. Vermutlich setzt ihr noch die Ablehnung von Sascha zu und ich war nur ein Ventil. Ich habe ihr nichts getan letzte Nacht. Die Freundschaft zu dir bedeutet mir viel. Ich würde sie nur ungern verlieren.«

Jana drehte sich langsam um. Ihr Gesicht strahlte. Chris hatte die richtigen Worte getroffen. Um jede Restverbitterung aus Jana zu vertreiben, nahm Chris sie spontan in den Arm und drückte sie an sich. Er spürte, wie Jana ihn festhielt. Sie war süß, aber unscheinbar, vorhersehbar, ohne Spannung und Verdorbenheit. Als manipulierbare Freundin war sie ihm sehr viel Wert, ansonsten sah er sie nicht als Frau.

Irgendwo in seinem Herzen, oder war es im Gehirn, regte sich jedoch plötzlich etwas sehr Bekanntes: das schlechte Gewissen. Er lebte falsch, er tat Verwerfliches. Seine Eltern und seine Religion hatten ihn gelehrt, fleißig, strebsam, moralisch, sparsam und tugendhaft zu leben. Die sündigen Versuchungen: Sein Begehren nach körperlicher Befriedigung, Unterwerfung der Frauen und sein Rachebegehren durfte er nicht ausleben, sonst war er nicht nur in diesem Leben, sondern auch in der Ewigkeit nach dem Tod verdammt. Aber war es tatsächlich so, dass ein Mensch wirklich von Gott erwählt wurde und das schon vor seiner Geburt? War es wirklich ein sicheres Zeichen, dass er auf ewig in der Hölle schmoren würde, wenn er jetzt nicht sofort wieder anständig und überlegt handelte? Was nutzte ihm dieses Wissen, wenn er es doch nicht ändern konnte? Hier und jetzt konnte er sich seinen irdischen Seelenfrieden holen. Er hatte die Macht dazu geschenkt bekommen. Oder war diese Macht nur eine Versuchung des Teufels, um seine Seele später brennen zu sehen, wenn Chris klar würde, dass er nicht zu den Auserwählten Gottes gehören konnte? In Chris' Kopf drehte sich alles. Er wollte leben, seine Gefühle ausleben, seine Rache und Gerechtigkeit fordern und sich nicht mehr voller Angst ducken. Er hatte den Todesbiss einer Giftschlange riskiert, sollte er jetzt noch das Wissen um seine Verdammnis herbeiführen? Chris' ganze Unsicherheit verlagerte sich plötzlich in Wut. Wut gegen seine Eltern, die ihm mit ihrer calvinistischen

Religion so viel Verzicht aufgebürdet hatten. Wut gegen sich selbst, sich so wenig in der Hand zu haben. Wut gegen Carina und seine Chefin, die ihn so verletzten, weil sie wussten, dass er sich nicht wehren konnte. Wut gegen den verführerischen Stein. Wut auf das Leben, die Welt, den Teufel und Wut auf Gott. Je größer die Wut wurde, umso größer wurde auch die Panik in Chris, denn er verlor immer mehr die Stabilität und den Kompass unter seinen Füßen. Er hatte schon zu viel gewagt, um wieder zum Anfang zurückkehren zu können. Im Inneren seines Herzens bedauerte er es, diese Reise angetreten zu haben, aber jetzt würde er zumindest alles auskosten, was ihm diese Leben noch zu bieten hatte. Es war eh zu spät.

Als Chris nach der Pause wieder bedrückt zu seinem Motorrad ging, stoppte er kurz bei Marion, die ihn anstrahlte. »Diese Tour ist für einige wohl doch sehr anstrengend.« Chris zwinkerte sie verschwörerisch an: »Aber dennoch sollte die gute Atmosphäre nicht gefährdet werden.«

Marion nickte: »Du hast ja noch mit Jana gesprochen und die Sache geklärt, habe ich mitbekommen.«

»Ja, wie gut, dass du eine so ungewöhnlich belastbare und angenehme Frau bist. Da hat dein Mann Peter einen guten Griff mit dir getan!« Ein Blick auf Marions knallrot gefärbtes Gesicht ließ Chris nicht mehr daran zweifeln, dass der Liebesstein auch bei ihr gewirkt hatte.

Sehr müde durch die frische Luft tagsüber und die anstrengende wie auch anregende Fahrt vermissten die Bikerteilnehmer eine warme Dusche am Abend kaum. Nachdem sie an ihrem gemeinsamen Schlafplatz und dem glücklicherweise schon aufgebautem Gruppenzelt, angekommen waren, lag schon ein Camperpicknick für sie bereit: belegte Brote, Würstchen, Kartoffelsalat, kalter Braten und verschiedene Obstsorten. Zudem gab es

Bier und Softgetränke. Dies alles hatte der Gepäcktransportbully angeliefert. Zudem befand sich im Bully, der zu einem Kleinstwohnwagen umgebaut werden konnte, auch ein chemisches Campingklo.

»So, liebe Bikergruppe. Herzlich willkommen auf der Abenteuerreise durch Tasmanien. Heute habt ihr die einmalige und auch exklusive Möglichkeit, die einzigartige Wildnis ab diesem Ort hautnah zu hören und mitzuerleben«, kündigte der Reiseleiter Guido scherzend an.

»Alle schlafen aus Sicherheitsgründen heute zusammen in dem Gruppenzelt. Den Kloschlüssel lege ich später unter mein Kopfkissen. Ihr könnt ihn auch nachts gerne holen, aber es wäre besser, ihr würdet dann zu zweit herausgehen. Hier müsst ihr etwas vorsichtiger sein als in Deutschland. In Tasmanien gibt es für uns Europäer ungewohnte giftige Tiere, nicht wahr, Chris?«

Alle lachten auf. Chris wollte Guido gerade kumpelhaft boxen, als er bemerkte, dass Guido ihm zärtlich zuzwinkerte. Chris wich zurück. Er konnte sich eigentlich nur geirrt haben oder war es etwa möglich, dass die Macht des Steines aus Hetero-Männern Homosexuelle machte?

Zum Abendessen in der Camperrunde setzte sich Chris zu Jana. Linda hatte zwar neben sich einen Platz frei gelassen, aber Chris wollte nichts mehr von ihr. Jana freute sich sehr, war nervös und ungeschickt, versuchte aber zum Glück nicht, ihm ein hirnloses Gespräch aufzuzwingen. Sie aß schweigend, Chris aß grübelnd. Während des Abendessens erzählte der völlig überdreht wirkende Reiseleiter Mythen, Sagen und Legenden von den geheimnisvollen Aborigines und Tasmanien. Chris hörte kaum zu und schaute auch nicht auf.

So langsam ängstigte ihn seine plötzliche Beliebtheit. Hinzu kam, dass es Chris immer schwerer fiel, die Menschen, die ihn bedingungslos anhimmelten, weiterhin ernst zu nehmen. Er verlor so langsam die Achtung und den Respekt vor den Mitreisenden, über die er durch den Stein die stärksten aller Mächte bekam: die Hingabe, Liebe und Unterwerfung. Zu diesem durchaus angenehmen Gefühl, die soziale Umwelt beherrschen zu können, gesellte sich eine ungeheure Einsamkeit. Irgendwie fehlten ihm plötzlich die Herausforderung Gleichgestellter, der faire Wettbewerb und die Freude über den wahren Sieg aufgrund einer selbst erbrachten Leistung. Chris war klar, dass er nicht um seinetwillen geliebt wurde, sondern nur wegen dem Stein mit seiner Macht. Diese Art von Hingabe befriedigte ihn langsam nicht mehr.

Bei all dem Grübeln und Sortieren seiner unterschiedlichen Gefühle hatte Chris gar nicht bemerkt, dass Guido seinen Vortrag beendet und sich zu ihm gesetzt hatte. »Chris, dein Stein mit der Schlange sieht auch aus wie ein Totem, von dem ich gerade erzählt habe«, begann Guido das Gespräch mit ihm.

»Ja, das habe ich mir auch schon gedacht. Mein Schutzgeist gegen die giftige schwarze Tigerotter.« Chris schaute wie paralysiert auf Guidos Hände, die urplötzlich auf Chris' Oberschenkel Platz gefunden hatten.

»Zeig mir doch noch einmal den Stein. Vielleicht kann ich doch mehr darauf erkennen!«

Chris rührte sich nicht. Zum Glück sprach ihn Jana von der anderen Seite an: »Wir suchen uns jetzt unsere Schlafplätze. Nimmst du den, der übrig bleibt oder hast du einen besonderen Wunsch, wo du liegen willst?« Jana ließ ihm betont viel Freiheit. Sie hatte seine Botschaft offensichtlich verstanden.

Ehe Guido irgendwie reagieren konnte, antwortete Chris: »Hey, ich könnte es mir nett vorstellen, im Zelt neben dir zu liegen. Ist das OK für dich, Jana?«

»Klar, gerne Chris, natürlich!« Und weg war Jana - viel zu schnell, wie Chris meinte.

Nun saßen nur noch er und Guido draußen vor dem Gruppenzelt. Die anderen Biker suchten sich schon die besten Schlafplätze aus.

»Chris, mach nicht so ein Geheimnis aus dem Stein. Ist er hier?« Und schon tastete Guido ungeniert die linke Hosentasche von Chris ab. Ehe Chris sich zur Wehr setzen konnte, landeten die suchenden Finger von Guido auf dem gut gefüllten Schritt und versuchten umgehend, den Reißverschluss der Hose zu öffnen.

»Was wird das?« Chris sprang entsetzt auf. Noch schockierter als über den sexuellen Angriff von Guido war er über seine eigene körperliche Reaktion, die ihm eindeutig spüren ließ, dass er im Grunde den

Annäherungsversuchen dieses Mannes gegenüber nicht abgeneigt gegenüberstand.

»Der Teufelsstein«, entfuhr es Chris, obwohl er das Geheimnis seines mächtigen und kostbaren Fundes nie hatte ausplaudern wollen. Offensichtlich löste der Stein auch in Chris etwas aus: unstillbares Verlangen nach der sexuellen Unterwerfung der Menschen. Oder war es eine unersättliche Machtsucht, die dieser Stein in ihm geweckt hatte?

Ohne eine Antwort von Guido abzuwarten, rannte Chris in sein Zelt.

Das Liegen neben Jana war eine gute Idee von Chris gewesen. Sie löste kein Verlangen oder irgendwelche Art von Machtgier in ihm aus, war schweigsam und forderte nichts. Zum ersten Mal seit Beginn der Reise hatte er gute Gefühle: Dankbarkeit und warme Freundschaft Jana gegenüber.

Mitten in der Nacht wachte Chris auf mit dem dringenden Bedürfnis, seine Blase zu leeren. Es widerstrebte ihm, Guido nach den Ereignissen des letzten Abends so nahe zu kommen, um unter seinem Kopfkissen den Schlüssel zur Toilette im Bully herauszuziehen. Also entschloss er sich, sich schnell in der freien Wildnis vor dem Zelt zu erleichtern. Chris ging nur ein paar Schritte. Er hatte sich vorher vergewissert, dass die anderen alle schliefen. Endlich kam der erlösende Strahl und Chris stöhnte vor Erleichterung laut auf. Sich alleine glaubend, erschrak er sehr, als ihn plötzlich zwei Arme sanft von hinten umarmten. Der Strahl verebbte sofort.

Die Hände dieser Person strichen liebevoll über seine Brust. Chris kamen diese schmalen weißen Hände sehr bekannt vor. Sie erinnerten ihn an - ja, das musste Linda sein. Noch bevor Chris seine Hose richtig hochgezogen hatte, drehe er sich um und brachte den nächtlichen

Verfolger damit fast zu Fall. Es war tatsächlich Linda.

»Was machst du denn hier? Habe ich mich nicht klar genug ausgedrückt, dass es zwischen uns nur ein One-Night-Stand war?«

»Chris, alle schlafen!«

»Habe ich auch gedacht. Bis jetzt«, knurrte Chris genervt. »Aber offensichtlich gibt es lästige Stalker, die mich nicht mal in Ruhe pinkeln lassen.«

Unbeirrt fuhr Lina fort: »Chris, wir könnten uns jetzt wieder ungestört hier draußen lieben. Bei Port Arthur hat dir das offensichtlich sehr gefallen.«

»Eher dir, meine Liebe! Für mich war es ein rein mechanischer Akt.«

Linda sah hier und jetzt offensichtlich ihre letzte Chance, Chris umzustimmen. Sie warf ihren Kopf verführerisch in den Nacken, sodass ihre blonden langen Haare im Mondlicht golden glänzten. Sie wusste offensichtlich genau, wie sie bei Männern ankommen konnte. Chris ließ es kalt. Er verabscheute dieses berechnende, manipulative Gehabe dieser Frauen, deren einziges Lebensziel es zu sein schien, ihm alles zu versprechen und dann nichts davon zu halten. So, wie seine Ex-Verlobte Carina.

Während Linda begann, sich nun auszuziehen, sagte sie leise: »Ich gebe dir absolut alles, was du willst und brauchst. Ich habe viel Erfahrung damit, was sich Männer wünschen!«

Chris bezweifelte dies keinen einzigen Moment. Halblaut entfuhr es ihm: »Und du hast wohl auch viel Fantasie darin, dieses Wissen zur Verletzung und Unterdrückung des Mannes zu missbrauchen.«

»Das würde ich bestimmt nie tun!« Genau das hatte ihm auch Carina damals versprochen.

»Ich werde dich nie betrügen. Ich liebe dich und schätze deine Anständigkeit«, hatte sie beteuert. Und er hatte es ihr tatsächlich geglaubt und war selbst treu geblieben, obwohl er berufliche Nachteile dafür in Kauf hatte nehmen müssen.

»Lass gut sein, Linda. Ich falle auf euch Frauen nicht mehr herein.«

»Dann bleibt dir nur, schwul zu werden«, konterte Linda verletzt.

Wenn sie gehofft hatte, dass Chris jetzt die Bereitschaft zum erneuten Einlassen auf die Frauen überdenken würde, so hatte sie wohl immer noch nicht mit seinen alles überdeckenden Hass- und Rachegefühlen gerechnet. Chris hatte längst entdeckt, dass nicht nur Linda seinen nächtlichen Außenklogang verfolgt hatte. Auch der Reiseleiter Guido stand am Pfosten des Zeltausganges angelehnt und beobachtete das Geschehen. Chris war sich nicht ganz sicher, ob er nur überprüfen wollte, dass ihm in dieser Wildnis nichts passiert oder ob ihn unmoralische Absichten hinter Chris hergeschickt hatten.

Aber jetzt war die Zeit, herauszufinden, ob der Liebesstein auch auf Männer wirkte. Also sagte er, jedes verletzende Wort auskostend, zu Linda: »Du, deine Idee ist gar nicht schlecht. Vermutlich wissen die Männer tatsächlich viel mehr, was ich in einer Beziehung brauche.« Er lachte gekünstelt auf. »Dazu bedarf es ja auch nicht viel, wenn man so manche Unfähige wie dich zum Vergleich hat.«

Linda prallte förmlich an seinen Worten zurück. Sie war zu sehr in den Bann des Steines gezogen, als dass sie akzeptieren konnte, dass Chris nur Kälte, Verletzung und Demütigungen zu geben bereit war.

»Hey, Guido! Komme mal her!« Chris winkte dem Reiseleiter zu. Dieser beeilte sich so sehr, zu Chris zu rennen, dass er nun kaum Zweifel daran hatte, dass sein Plan gelingen würde.

»Hey, Kumpel.« Chris haute auf Guidos rechte Schulter. »Was hältst du von einem Dreier hier in der anregenden Landschaft von Tasmanien?«

»Ich weiß nicht so recht«, schaltete sich Linda geschockt ein.

»Klar doch, Linda. Da könntest du etwas machen, was mir vielleicht gefällt.« Linda nickte offensichtlich sehr traurig, aber zustimmend.

»Klar doch.« Guido war gleich dabei.

»OK«, sagte Chris, »erst ihr beiden und ich schaue zu.«

»Was?«, sagten beide ungläubig, »Wir dachten, du würdest mitmachen.«

»Klar, aber ich muss erst einmal in Stimmung kommen.« Chris war jedoch bereits in Hochstimmung. Er wusste, dass Linda den Reiseleiter nicht leiden konnte und Guido hatte offensichtlich rein homosexuelle Neigungen. Die Wirkung und Macht des Steines war unbezahlbar für Chris'' Rache und Machtgier.

»Aber Guido und ich wollen doch nichts voneinander«, wagte Linda noch einzuwerfen.

»Bist du nun für mich dazu bereit, oder nicht? Jetzt kannst du es mir beweisen.«

Linda nickte ergeben und ging auf Guido zu. Auch der Reiseleiter fügte sich, in der brennenden Hoffnung, Chris nachher nahe sein zu können.

Als Chris sich davon überzeugt hatte, dass beide auch genug litten, verschwand er wortlos ins Zelt. Linda und Guido konnten heute nichts von ihm fordern, ohne die anderen schlafenden Mitreisenden zu wecken. Mit dem Gedanken an das angeekelte Gesicht von Linda schlief Chris mit einem unvergleichlichen Triumphgefühl ein.

Chris hatte entdeckt, dass ihm diese Erniedrigung viel mehr Befriedigung als der sexuelle Kontakt mit den Frauen gab, wodurch Chris immer gefährlicher und verletzender wurde.

Am nächsten Morgen wachte Chris nach mächtigen, befriedigenden Träumen sehr zufrieden auf. Die anderen schliefen noch, bis auf den Reiseleiter. Guido sprach vor dem Zelt offensichtlich mit dem Fahrer des Gepäckbullys, um alles Weitere für diesen Tag zu klären. Es war kurz nach 6:00 Uhr.

Für heute war die Fahrt zum kleinen Ort Stanley geplant. Vorher wollten sie noch eine Tour durch den südlichen Regenwald und die nahezu unberührte Wildnis machen. Die Stadt Stanley liegt auf einer Halbinsel an der Nordwestküste von Tasmanien. Dort soll die erstarrte 143 Meter hohe Magmakammer sehenswert sein. Chris hatte vor der Reise schon gelesen, dass man mit einem Sessellift auf diese erstarrte Magmakammer fahren kann und von dort aus einen fantastischen Ausblick auf die Küste und Stanley haben soll.

Er aalte sich in seinem warmen Schlafsack und genoss den Gedanken an seine unglaubliche Macht. Aber wie schon vorher machte sich auch ein Gefühl der Einsamkeit und

Einzigartigkeit breit. Chris fühlte sich wie ein allmächtiger Alien, der alleine auf dieser Welt steht und kein wirklich dazugehöriger Mensch mehr war. So schön diese Macht war, umso weniger konnte man die Genugtuung aus diesem süchtig machenden Gefühl noch toppen. Hier im Zelt in der tasmanischen Wildnis ohne aktuell manipulierbare Menschen um ihn herum wurde sein Gehirn für ein paar Minuten plötzlich klar. Er merkte, dass dies alles hohl war und er immer mehr Frauen dauerhaft bei seinem grausamen Spielchen verlor. Er jagte immer neuen Frauen, oder sollte er sagen »Opfer«, seiner Rachegier hinterher. Und diese Frauen, die sich ihm willenlos manipuliert durch den Stein unterordneten, verloren sofort den Reiz auf ihn. Sie erforderten kein Jagdverhalten mehr, kein gutes Gefühl, sie endlich erobert zu haben. Auch die Männer, die er für seinen Vorteil manipuliert hatte, waren keine Freunde mehr, keine Konkurrenten, keine Herausforderer. Sie machen stattdessen sein Leben noch planbarer, kalkulierbarer und damit langweiliger sowie einsamer. Zudem kam da kurz ein Gefühl der Reue in Chris hoch. Hoffentlich hatte er es mit der Rache nicht übertrieben und damit die Frauen nicht für ihr Leben gezeichnet.

Während Chris noch ruhig in seinem Schlafsack lag, weckte der Reiseleiter Guido jetzt mit jeweils einer Tasse heißen, duftenden Kaffees die Mitreisenden. Als Guido zu ihm kam, reagierte Chris sofort: »Sorry, wegen gestern!«

»Das ist schon okay. Ich bin der Idiot. Nach meinen Beobachtungen an den Vortagen hätte ich mir schon denken müssen, dass es dir ausschließlich darum ging, uns fertigzumachen. Eigentlich stehe ich auf Frauen, daher war dies Erlebnis mit der attraktiven Linda kein Problem für mich. Aber ich will nicht daran denken, wie sie sich jetzt fühlt.« Ohne ein Lächeln oder eine Geste der Sympathie überreichte Guido Chris den Kaffee. Dieses abneigende Verhalten kam

Chris extrem bekannt vor. Carina! Sie hatte noch ein paar Wochen bei ihm gelebt, nachdem sie Chris von ihren Gefühlen zu ihrem neuen Lover erzählt hatte. Carina hatte ein schlechtes Gewissen und wollte es nach dem Bedrängen von Chris nochmal mit ihm probieren. Es war eine fürchterliche, kalte, verletzende Zeit gewesen, die zu nichts außer Carinas absoluter Gewissheit geführt hatte, dass Chris' Widersacher die bessere Wahl war.

Chris' Gesicht versteinerte plötzlich. Wie naiv war er immer noch, ein Schuldgefühl zu empfinden. Die Menschen verdienten seine Rache und zwar alle!

»Hey Kumpel. Linda stalkt mich, hast du das nicht bemerkt? Ich wusste einfach nicht, wie ich sie los bekommen sollte. Anfangs war ich noch nett und sprach mit ihr. Es gab sogar eine gemeinsame Nacht, aber es reichte ihr nie. So etwas wirst du doch auch kennen, oder?«

Guido nickte unwillig. Man merkte, dass er noch immer wütend auf Chris war, aber schon zu wanken anfing, ob er die Sache falsch beurteilt hatte.

»Klar stehst du nur auf Frauen. Oder etwa nicht?«, bohrte Chris weiter.

Guido reagierte nicht, sondern schaute Chris nur unsicher an.

»Du warst immer sehr nett zu mir während dieser Fahrt hier.« Chris lauerte auf Guidos Umschwung. Er sollte ihm endlich verzeihen. »Und Linda ist eine heiße Braut. Ich gebe dir allerdings einen guten Tipp unter uns Bikerkumpel: Pass auf, dass sie dir nicht zu sehr hinterher läuft, wenn du sie nicht wirklich willst. Sie kann extrem aufdringlich sein.«

Diese Worte von Chris verfehlten ihren Zweck offensichtlich nicht.

Guido reagierte jetzt verständnisvoll: »Ja, das habe ich auch schon erlebt. Danke für den Hinweis auf Linda. Ich werde aufpassen.«

Chris hatte gar nicht bemerkt, dass Linda inzwischen auch aufgestanden und sich zu ihnen gesellt hatte. Er lag immer noch in dem

Schlafsack, auf den linken Ellbogen gestützt. Chris hielt mit der rechten Hand die Tasse mit dem heißen Kaffee. Vor ihm kauerte Guido und Linda hatte sich hinter Chris gehockt.

Linda antwortete mit gebrochener Stimme: »Ihr beide braucht keine Angst mehr vor mir zu haben. Ich habe mich wohl gestern Nacht erkältet. Ich fiebere und mir geht es aus verschiedensten Gründen nicht gut. Ich werde hier die Reise abbrechen und mit dem nächsten freien Flieger nachhause fliegen.«

Mit hörbar erleichterter Stimme reagierte Guido: »Hoffentlich geht es dir dann bald besser. Aber was ist mit deiner Freundin Jana? Bleibt sie noch hier?«

»Sie soll machen, was sie will. Ich denke aber, sie wird bleiben. Dies war schließlich eine teure Reise. Ich fahre also noch mit euch mit bis Stanley und dann werde ich mich bis Hobart durchschlagen.«

Guido schüttelte den Kopf. »Für solche Fälle haben wir unseren Bullyfahrer mit den Koffern dabei. Er kann dich sofort nach Hobart bringen. Hobart ist von hier aus nur knapp 400 Kilometer und somit ungefähr 4,5 Stunden entfernt. Lass dein Motorrad hier. Es wird nachher von unserer Reiseorganisation abgeholt. Ist das in Ordnung für dich?«

Linda nickte erfreut. »Danke, ich fühle mich auch sehr erschlagen.«

»Die Reise war nicht umsonst so teuer. Wir sind auf alle Eventualitäten vorbereitet. Ersatzmotorräder können innerhalb von einer Stunde bereitgestellt und kranke sowie verletzte Teilnehmer zurück zum Flughafen gebracht werden. Selbstverständlich sorgen wir auch für deine Übernachtungen und für die Flugrückbuchung.«

»Okay, danke!«, konnte Linda noch mit Tränen in den Augen sagen. Die Reise zu verpassen und Chris so gedemütigt zu verlassen, musste sehr schwer für sie sein. Es hätte Chris fast leidgetan, wenn er nicht immer an Frau Narowski und Carina hätte denken müssen.

Die Motorradfahrt bis Stanley und die anschließende Stadtführung durch diese historische Kleinstadt fand Chris sehr interessant. Alle Mitreisenden hielten ein wenig Abstand zu ihm, da sie schon vermuteten, dass er an Lindas Abreise eine Schuld trug. Chris war dies nur recht. Er versuchte, seine immer wieder aufkeimenden Schuldgefühle in den Griff zu bekommen. Aber es war ihm auch klar, dass der mächtige Stein sämtliche Reiseteilnehmer in seinen Bann ziehen konnte. Wozu also nicht die Ruhe vor dem Sturm genießen?

Sogar zum traditionellen Fischessen ging Chris alleine. Er saß in einem Hafenrestaurant und vermisste plötzlich Benny. Seit dem letzten Telefonat, indem sein Freund ihn ermahnt hatte, doch ein anständiger Mann zu bleiben, hatten sie nicht mehr miteinander telefoniert. Aber wie sollte Chris ihm schildern, was passiert war? Benny würde der Magie des Steines niemals glauben. Verständlicherweise!

Einen Moment spielte Chris mit dem Gedanken, auch Benny diesen Stein in die Hand nehmen zu lassen, aber es war zu unvorstellbar für ihn. So sehr er Benny mochte, so brauchte er ihn doch als Freund und nicht als Lover. Aber wenn Benny ihm zu viel Vorhaltungen machen würde oder sogar die Freundschaft kündigte, dann besaß Chris immer noch diese mächtige Waffe, um ihn an sich zu binden.

Nach dieser üppigen, wohl schmeckenden Frischfischmahlzeit ging Chris noch in die Bar des eleganten Hotels, um sich ein wenig von seinen destruktiven, voller Hass und Rache besetzten Gedanken abzulenken. Es ging ihm früher im Grunde viel besser ohne diese Verführung wie auch extremen Gefühlen, die ihm der magische Stein geboten hatte. Er wollte alles vergessen und bestellte sich ein Bier nach dem anderen.

Auch Jana saß alleine in der Bar und trank einen Cocktail. Sie schien ihre Freundin zu vermissen. Chris grüßte kurz herüber, wollte aber heute Abend nicht in Versuchung geraten, seine böse Art ausspielen zu müssen.

Nach einer halben Stunde nahm Jana ihren Cocktail und kam auf Chris zu. Chris drehte sich mit dem Rücken zu ihr hin. Er wollte nicht nur sich, sondern auch sie schützen. Jana bemerkte es nicht und setzte sich zu ihm an die Bar. »Hi Chris. Bist du auch traurig, dass Linda abgereist ist?«

»Ich finde es schade, dass sie krank geworden ist. Hoffentlich geht es ihr sehr bald wieder besser«, antwortete Chris ausweichend.

»Ihr seid noch in der letzten Nacht draußen zusammen gewesen, hat sie mir erzählt!«

Chris zuckte zusammen. Was wusste sie alles? Das würde es für ihn erschweren, sie bei Bedarf ebenso kleinzukriegen.

»Ja, wir haben uns dort getroffen, als ich auf die Toilette musste. Ich ging dann später schlafen und sie war noch etwas mit Guido draußen.«

»Sie mit Guido? Das kann ich mir gar nicht vorstellen. Sie findet diesen Mann fürchterlich.«

»Keine Ahnung! «, wies Chris ab. Was hatte er Linda nur angetan?

»Ihr habt euch also nicht mehr versöhnt. Linda hat dich sehr gern!« Jana ließ nicht locker. Sie wollte begreifen, was passiert war.

»Ja, das weiß ich, aber sie konnte mich leider nie in Ruhe lassen«, entfuhr es Chris.

»Also, wenn du das willst, lass ich dich jetzt in Ruhe«, reagierte Jana sofort. Chris atmete auf. »Ich würde dir immer alle Freiheiten lassen und du dürftest immer machen, was du willst. Meinem letzten Freund habe ich sogar Seitensprünge verziehen«, gab Jana an, ohne zu wissen, auf welch riskantes Spielchen sie sich mit Chris gerade einließ. Chris hatte nicht übel Lust ihre typisch weiblich gelogenen Versprechen mal in voller Form zu überprüfen.

»Geh jetzt lieber. Ich bin heute nicht so gut drauf!«, versuchte Chris nochmal, sie zu schützen.

Jana schaute ihn groß an, zögerte kurz, ging dann aber doch zu ihrem ursprünglichen Platz zurück.

Ein paar Minuten später betrat Marion die edle Bar. Sie schaute sich ein wenig um, kam dann aber zielsicher zu Chris. »Hi Chris, darf ich mich neben dich setzen?«

»Ja, in Tasmanien gilt auch die freie Platzwahl, zumindest in Bars«, scherzte Chris, ohne zu lächeln. Marion, die sich ihm so hartnäckig entgegenstellte, war noch immer eine Herausforderung für ihn. Aber ihm war nicht mehr nach sexuellen Abenteuern. Er wollte mehr: Unterdrückung, Demütigung, vollständige Unterwerfung. Und er wollte dies mehr als vorher von Marion. Ihm war jedoch auch klar, dass er eine gut funktionierende Ehe damit zerstören würde. Davor hatte er bisher zurückgeschreckt. Marion erschien ihm noch zu anständig, um sie so zu behandeln. Sie war so ganz anders als Carina, ernsthaft, nahezu unweiblich gekleidet, nicht kokett, nicht verführend, einfach nur ehrlich und offen.

Marion bestellt sich nach einem Blick auf sein Glas ebenfalls ein Bier. »Mein Mann schnarcht heute sehr. Auch er hat sich wie Linda in dem Zelt erkältet. Bei diesen lauten Schnarchgeräuschen kann ich nicht einschlafen. Weil ich in diesem Hotelzimmer außer auf das Badezimmer nicht ausweichen kann, dachte ich, ich würde mir sinnvollerweise hier in der Hotelbar noch einen Schlummertrunk genehmigen«, erklärte sie.

Chris nickte verständnisvoll.

Schweigend tranken sie beide nebeneinandersitzend ihr Bier. Es war kein verkrampftes Schweigen, wie er es sonst oft bei

Treffen mit Frauen oder mit Carina kannte. Er wusste, sie erwartete nicht, von ihm unterhalten zu werden. Marion saß dort und hing ihren Gedanken nach. Genau wie er. Nach zwanzig Minuten begann Chris doch ein Gespräch: »Vermisst du deine Kinder?«

»Ja, ich denke viel an sie und rufe sie täglich an. Es geht ihnen gut. Mein Mann und ich haben eine Ablenkung dringend verdient. Peter hat so viel geleistet, so viel zurückstecken müssen, damit ich weiter arbeiten kann und es den Kindern dennoch gut geht.«

Chris konnte es kaum fassen. »Aber auch du, Marion, hast extrem viel für die Familie und die Kinder getan, wie du schon erzähltest. Du bist stark und eine wichtige Stütze für deinen Mann und die Kinder und ein Organisationstalent.«

»Danke dir, Chris. Aber es klappt nur durch die enge Zusammenarbeit mit meinem Mann und jetzt auch meinen Eltern, die die Kinder betreuen. Ich habe viele gute Menschen um mich herum und deswegen funktioniert das alles überhaupt.« Marion strahlte Zufriedenheit aus. Als sie allerdings Chris in die Augen sah, verebbte ihr Wohlbefinden sichtlich und Verlangen wurde sichtbar.

»Du bist eine sehr hübsche Frau, auch ohne Schminke und künstliches Aufmachen!«, entfuhr es Chris ganz ehrlich. »Dein Mann hat extrem viel Glück mit dir gehabt.«

Marion lachte offen auf. »Ich auch mit ihm. Ein Modepüppchen kann ich nicht sein. Das bin ich einfach nicht. Er muss mich so nehmen, wie ich von Natur aus aussehe. Für eine großartige Pflege habe ich gar keine Zeit und für mich gibt es auch Wichtigeres. Den meisten Männern würde das nicht gefallen.« Marions Augen hingen an Chris' Lippen, ohne dass sie selbst etwas tat, um ihn zu ermuntern.

»Mir schon«, meinte Chris ganz ehrlich und gab Marion ganz spontan einen Kuss. Marion schreckte zurück, um ihn dann ihrerseits einen langen, gefühlvollen Kuss zu geben. Chris wandte sich wortlos dem Bier zu. Er fühlte sich schuldig und unfair. Es war das erste Mal während der Tasmanienreise, dass er sein Verhalten ehrlich bedauerte. Obwohl er Schmetterlinge im Bauch fühlte. Diese Frau hatte etwas Unverdorbenes, etwas er nicht verletzen wollte und nicht verletzt werden sollte.

Marion schaute ebenfalls auf ihr Bierglas, während sie anfing, zu reden: »Chris, du hast wohl längst gemerkt, dass ich mehr als Freundschaft für dich empfinde.« Chris nickte wortlos.

»Ich weiß nicht, ob du es ernst mit mir meinst, denn offensichtlich scheinst du auf der Reise mehrere Frauen zu mögen. Für mich war dies eher ein Abschiedskuss als der Beginn eines Verhältnisses oder einer Beziehung.«

»Marion, du ...« Er wollte ihr erst mitteilen, dass sie ihm mehr bedeutete. Aber dann dachte er daran, wie wohl organisiert und gut ihr Leben in Deutschland an der Seite ihres Mannes lief und auch die Kinder sie beide brauchten.

»Okay Marion. Du bist eine tolle Frau und hast einen wirklich feinen Kerl, den Peter«, sagte er stattdessen, nahm sein Bier und setzte sich an einen kleinen Bistrotisch.

Jana kam jetzt wieder zu Chris und setzte sich erneut zu ihm.

Chris stöhnte hörbar auf. »Ich dachte eigentlich, du wolltest mich in Ruhe lassen und würdest alles akzeptieren, was ich tue. Oder war das nur wieder ein typisch weibliches, oberflächliches Geschwätz?«

Jana schüttelte den Kopf, entschied sich dann aber doch zu dem Kommentar: »Vielleicht weißt du es ja nicht, aber Marion ist mit Peter verheiratet.«

Nun reichte es Chris.

»Klar weiß ich das. Marion ist eine echt tolle Frau. Die weiß, was sie will und sie kämpft auch für ihre Ansichten und Ziele. Die lässt sich weder so leicht zurückweisen, noch verführen. Das törnt mich total an.«

»Ja, dann«, mehr brachte Jana nicht mehr heraus. Chris sah Janas Verwirrung im Gesicht. Chris hatte sich inzwischen mehrfach widersprochen. Lindas Annäherungsversuche hatte er kritisiert und als Grund für die Trennung angegeben. Nun stellte er Janas freiheitsgebende, tolerante und zurückhaltende Art als charakterlos und wenig attraktiv dar. Weil Jana noch so unschlüssig vor dem Tisch stand, holte Chris noch zu einem hoffentlich endgültigen Schlag aus: »Nun ja, Jana, von dieser Frau kannst du noch viel lernen, wenn du mal einen halbwegs anständigen Mann abbekommen möchtest.«

Jetzt drehte sich Jana um und verschwand.

Obwohl Chris dies ursprünglich hatte vermeiden wollen, fühlte sich dieses Auskosten der Macht und die Erfüllung seiner Rache gegen Frauen wie ein Kokainrausch an. Es war besser als alles, was er vorher kannte. Und besser als Erfolg, Liebe und Alkohol. Das sollte zukünftig sein Leben werden. Macht war doch das Beste und Befriedigendste aller Gefühle.

Chris ging wieder einmal berauscht von seinen Machtauskostungen ins Bett.

Der nächste Tag würde sie nach Devonport führen. Chris wollte unbedingt das Tiagarra Aboriginal Cultural Center, Museum über die Kultur der Tasmanier und Aborigines, besuchen. Auch die Besichtigung der gut erhaltenen Felszeichnungen der Aborigines war ein unbedingtes Ziel von Chris. Er erhoffte sich, irgendwelche Hinweise zu finden, die ihm seinen gefundenen Stein und die Macht dieses Steines mit der Schlange darauf erklären könnte. So nahm Chris an jeweils zwei Führungen durch das Tiagarra Aboriginal Cultural Center und an den Felszeichnungen entlang teil, um nichts Wichtiges zu verpassen. Letztlich konnten ihm die Informationen aber nicht weiterhelfen. Es gab steinerne Arrangements, die für die Kultur und Religion der Aborigines vor langer Zeit mal sehr wichtig waren. Leider konnten bisher weder die überlebenden Aboriginenachkommen noch Wissenschaftler die Mythologie dieser Steinarrangements herausfinden. Es gab sie als Steinhaufen oder auch einzelne Steine und irgendwie waren sie auch mit der Traumzeit und Totems verbunden.

Dies half Chris nicht wirklich weiter. Die Macht des warmen Steines bestand ganz offensichtlich. Er befürchtete, dass dies vermutlich ein Mysterium für ihn bleiben würde.

Der Reiseleiter Guido, der Chris' starkes Interesse für die Kultur und Religion Tasmaniens offensichtlich verfolgt hatte, sprach ihn am Abend in der Hotelbar darauf an: »Chris, ich habe, seit du hier angekommen bist, dein großes Interesse für Tasmanien, die Geschichte und Kultur bewundert. Ich bin schon über fünf Jahre hier Reiseleiter und habe unzählige Touristen durch dieses wilde, schöne Land geführt. Aber solch ein tiefes Interesse wie bei dir habe ich noch bei keinem anderen gesehen.« Guido machte eine bedeutungsvolle Pause.

Chris stöhnte leicht auf. War das die Art von Männern mit homosexuellen Neigungen, Komplimente zu machen? Zum Glück ahnte Guido offensichtlich trotz Chris' unbedachter Bemerkung am Zelt nichts von der Macht des Schlangensteins. Nur an dessen Herkunft und Geschichte war Chris interessiert, nicht an Tasmanien.

Da es Chris scheinbar nicht für nötig hielt, auf Guidos einleitende Sätze zu reagieren, setzte der Reiseleiter fort: »Ich habe dich schon einmal vor ein paar Tagen gefragt: Hättest du nicht Lust und Interesse daran, hier auch als Reiseleiter zu arbeiten? Tasmanien ist ein freies, wildes Land. Für uns Männer ist das doch ein Traum. Zudem lernt man als Reiseleiter ständig viele neue Menschen kennen. Alles in allem: ein interessanter, schöner, leichter Job, wenn man Tasmanien und seine Geschichte liebt.«

Guido stockte, als er sah, dass Chris den Kopf schüttelte. »Ich bin Controller und habe noch nie als Reiseleiter oder in der Touristikbranche gearbeitet.«

»Das ist doch kein Problem«, schaltete sich Guido sofort ein. »Da arbeitet man sich schnell ein. Zudem sucht der Reiseveranstalter, bei dem auch ich arbeite, noch dringend deutschsprachige Reiseleiter. Du bist genau der Ideale für solch einen Job.«

Nun stockte Chris. Es würde ihn schon sehr reizen, tagtäglich mit dem Motorrad oder dem Bus durch das abenteuerliche Tasmanien fahren zu dürfen und dafür noch Geld zu bekommen. »Ich habe noch eine ungekündigte Arbeitsstelle in Deutschland«, behauptete Chris, obwohl er nicht wüsste, ob dies nach seinem unentschuldigten Fernbleiben aktuell noch der Wahrheit entsprach.

»Lass sie sausen, Kumpel!«, riet Guido begeistert, da er merkte, dass Chris schon zu wanken begann. Chris war tatsächlich unschlüssig. So sehr ihn Guidos Jobangebot in Tasmanien auch lockte, so ungeduldig lauerte er auf die Gelegenheit, die Macht des Steines verbunden mit den Möglichkeiten der Rache an seiner Ex-Verlobten und seiner Noch-Chefin auszuprobieren.

»Guido, dein Angebot ist mehr als verlockend. Ich habe allerdings in Deutschland noch Dinge zu erledigen und müsste dort erst meinen Job kündigen, wie auch die Kündigungszeit abwarten. Sonst bekomme ich womöglich eine empfindliche Geldstrafe.«

»Ach, bleib doch einfach hier. Ich habe noch Ersparnisse und wir werden dich schon in Deutschland auslösen können. Geld ist Macht!«, bettelte Guido, ohne Chris' manipulierende Macht überhaupt nur zu ahnen.

»Nein«, dachte Chris, als er verwundert die Hingabe und Aufopferungsbereitschaft von

Guido bemerkte, »dieser Schlangenstein ist echte Macht. Mehr als Geld je erreichen könnte.« Laut äußerte er jedoch nur: »Vielen Dank, Guido. Aber ich kläre das lieber vor Ort und melde mich dann bei dir, ob ich dein Angebot annehme.« Chris dachte vorrangig an die Rache bei seinen zwei Frauen, die ihn so verletzt und das Leben schwer gemacht hatten. Das »Danach« konnte und wollte er nicht planen. In seiner Vorstellung gab es nur eine Zukunft mit Macht, Unterwerfung, Einsamkeit und Langeweile. Trotz seiner großen Manipulationsfähigkeiten durch den Schlangenstein graute es ihm teilweise auch vor dem, was noch kommen würde.

Am nächsten Tag hielt Chris ein wenig von der Motorradgruppe Abstand. Die lange Bikertour am Tarma River entlang bis Launceston lenkte ihn gut von seinen Fantasien ab, in denen er sich inzwischen permanent ausmalte, wie er sich an Carina und seiner Chefin rächen würde. Von dem geplanten Besuch des

Themen- und Museumsparks »Penny Royal World« meldete er sich mit Kopfschmerzen ab. Nach allem, was in den letzten Tagen passiert war, wollte er abschalten. Am Spätnachmittag stand noch die Bikertour nach Scottsdale an, wo sie an diesem Tag überachten würden.

Auch an diesem Abend zog sich Chris gleich auf sein Hotelzimmer zurück. Er fühlte sich als mächtiger Gott über die Menschen und aalte sich in dem Gedanken, dass ihn die Mitbiker und vor allem der Reiseleiter in der Bar vermissen würden. Das abendliche Treffen in den Hotelbars war inzwischen schon fast zu einem lieb gewordenen Ritual der Motorradfahrer geworden. Aber auch ein Gott musste mal Kraft tanken, um umso mächtiger und strahlender wieder vor die Menschheit treten zu können. Chris war der Herrscher des Liebesolymps und sein heiliger Rachefeldzug noch nicht beendet. Das Finale fehlte noch. Er als mächtiger Gott würde für die gerechte Strafe der verletzenden Frauen dieser Welt sorgen müssen. In seinen Gedanken wurde ihm bereits das Bundesverdienstkreuz verliehen. Warum nicht gleich die Krönung zum erneuten deutschen Kaiser? Wenn er den einflussreichen Leuten den Stein erst einmal in die Hand gedrückt hatte, könnte alles wahr werden, was er sich wünschte und erträumte.

In zwei Tagen schon würde er wieder nach Deutschland fliegen. Eigentlich hatte er sich was ganz anderes von der Reise erhofft: Abenteuer, Gefühle der Männlichkeit, stundenlanges Motorradfahren in einer wilden Natur, Besinnlichkeit und klare Gedanken. Nun war es anders gekommen und viel besser.

Die Anfahrt und Besichtigung des »Bay of Fires« ließ ihn mit den Gewalten des Wassers geradezu verschmelzen. Die traumhaft schöne Bucht an der Ostküste Tasmaniens, weiße Sandstrände, azurblaues Meer, orange-farbene Granitfelsen, umgeben von Wäldern und das Geräusch der Wellen ließen Chris endlich zur

Ruhe kommen, die er in Tasmanien gesucht hatte.

Mitten während eines gemeinsamen Spaziergangs am Strand stupste ihn Guido plötzlich am linken Arm an: »Hier ein Strandhaus hinbauen und stundenlang aufs Meer schauen. Wäre das nichts für dich?«

Chris lachte auf: »Klar. Wenn wir dann noch ein Lagerfeuer machen und Mammuts darüber grillen, erfüllen wir uns sämtliche männliche Träume aus der Zeit der Neandertaler.«

Guido lachte auf: »Da verwechselst du wohl in der Geschichte so ein bisschen was. Aber hattest du »wir« gesagt?« Hoffnungsvolle Augen schauten Chris an, der so langsam diese lieb fordernden Rehaugen seiner Mitmenschen, die den Stein berührt hatten, leid war.

»Guido, wenn ich wiederkommen sollte, sehen wir weiter. Bis dahin weiß ich noch gar nicht, was meine Zukunft mir so bringt.« Männer wollte Chris nicht unterwerfen. Das waren Kumpel, Freunde, Leidensgenossen. Zudem konnte er sich nicht ernsthaft eine Beziehung zu einem Mann für sich vorstellen.

»Okay, alles klar«, überspielte Guido seine Enttäuschung.

Auch Jana ließ Chris bei diesem Spaziergang am romantischen Strand kaum aus den Augen.

»Ein Gott braucht seine Anbetenden«, dachte Chris halb scherzhaft, wobei ihn die ständig erwartungsvoll bohrenden Blicke, die er regelrecht körperlich im Rücken spürte, langsam aggressiv machten. Auch Marion schaute ihn oft liebevoll an, hielt sich aber ständig bei ihrem Ehemann auf.

»Eine der seltenen Frauen, die ebenfalls so wie ich Anstand und Treue bewahren«, beobachtete Chris sie mit einer Achtung, die ihm schon fast ungewohnt erschien. Chris war sich nicht klar darüber, dass er selbst schon längst mit Marion nicht mehr mithalten konnte. Er hatte das Blut der Macht geleckt und damit seine Ideale über Bord geworfen.

Danach wurde die Bikertour über St. Marys nach Coles Bay im Freycinet-Nationalpark weitergeführt. Dort war die letzte Übernachtung der Biker-Reisegruppe in Tasmanien geplant. Spätestens nach der Besichtigung der beiden östlichen Küstenabschnitte von Tasmanien war Chris klar, dass er auf diesen in jeder Richtung wunderbaren Insel zurückkehren würde. Er ahnte jedoch nicht, was ihn letztlich zurückholen würde.

Den letzten Abend verbrachte Chris wieder in der eleganten Hotelbar. Diesmal trank er nur teuren Champagner. Ein Glas nach dem anderen bestellte er, sich in dem festen Glauben wissend, dass ihm bald die Welt gehören würde. Er konnte Menschen in sich verliebt machen und das würde ihm zukünftig sämtliche Türen zu all seinen Zielen öffnen, so hoch sie auch wären.

Der Reiseleiter Guido und auch Jana beobachteten ihn in der Bar, hielten aber Abstand. Inzwischen konnte sich Chris nichts anderes mehr vorstellen: Er genoss den VIP-Status, war der angebetete Unerreichbare. Chris sonnte sich in seinem eigenen, dunklen, Unheil verkündenden Schatten.

Marion erschien um kurz vor 22:00 Uhr auch in der Bar. Allein! Sie ging entschlossenen Schrittes gleich auf Chris zu. »Ich nehme ein Bier«, bestellt sie beim Barmann, ohne sich von Chris' golden prickelndem Champagnerglas beeindrucken zu lassen.

»Komm Marion, ich gebe dir gerne einen Champagner an unserem letzten tasmanischen Abend aus«, lud Chris sie ein.

»Ich danke dir Chris, aber ein Bier tut es auch als Einschlaftrunk«, lehnte Marion kokett ab.

»Du willst mir doch nicht einen Korb erteilen?«, versuchte Chris es noch einmal.

»Chris, ich bin verheiratet und habe Kinder. Schon vergessen?«

»Und du empfindest etwas für mich. Deine letzte Chance auf ein völlig unverfängliches und einzigartiges Abenteuer mit mir.« Chris strahlte Marion an. Er fasste in seine rechte Jackentasche, in der er den warmen Stein spürte. Ließ die Wirkung des mächtigen Liebesteines etwa nach einer Zeit nach?

»Ja, Chris. Ich empfinde zu viel für dich. Und das finde ich nicht toll. Es quält mich und macht mir mein Leben schwer.«

»Vermutlich wird es besser, wenn du einmal deinen Gefühlen nachgegeben hast?«, lockte Chris sie weiter.

»Chris, ich bin nicht hirnlos. Ich habe gesehen, wie du auf dieser Reise mit den Frauen umgegangen bist, die sich in dich verliebt hatten. Irgendwas hast du an dir, was uns Frauen in deinen Bann zieht. Aber es ist nichts Gutes und es wird vergehen, sobald wir wieder in Deutschland sind.«

»Und wenn nicht, Marion? Wenn ich dein Traummann bleibe?«

»Dann werde ich diese teure Tasmanienreise nachträglich verfluchen. Aber mein Mann und meine Kinder werden es niemals herausfinden, dass ich mich in die verliebt hatte.«

Chris merkte, wie er sie Stück für Stück verlor. Er konnte es nicht aushalten, dass sie ihm noch immer widerstehen konnte. Sein ganzer Körper schrie nach Marion, nach ihrer Hingabe und Unterwerfung. Er zitterte, fühlte sich plötzlich wie im kalten Entzug.

Chris zog den Stein mit der Schlange darauf aus seiner Tasche, seine einzige Chance war, die Wirkung des Liebesteines auf Marion zu erneuern und zu erhöhen. »Schau mal, Marion. Wie du weißt, habe ich diesen erstaunlichen Stein dort gefunden, wo mich eine giftige, tasmanische Schlange, die schwarze Tigerotter, gebissen hat. Der Stein mit seinem mystischen Zauber bewahrte mich vor ihrem tödlichen Gift. Daran siehst du, dass es in Tasmanien immer noch guten Zauber und

Magie gibt. Vielleicht ist unser Treffen auch so ein gutes Omen?«

»Ich bezweifle, dass dein Zauber auf uns ein guter Zauber ist. Linda ist früher abgereist, Jana allein und unglücklich. Ich kämpfe täglich mit meinen Gefühlen und du willst meinen Kindern den Vater und ihr gewohntes Leben nehmen.« Marion war ernst. Sie neigte sich beim Sprechen abwechselnd mal nach vorn zu Chris und zurück. Es war deutlich zu bemerken, dass sie mit sich kämpfte, um einen angemessenen Abstand zu Chris zu bewahren.

»Marion, dies ist ein absoluter Glücksstein. Vielleicht bringt er auch dir Glück und innere Ruhe. Halt ihn doch einfach mal fest und wünsche dir, was du willst. Schaden kann es nicht.«

»Ach Chris, du bist ein Träumer. Du hast dich wohl zu viel mit dem Glauben der Aborigines oder eher noch mit dem Aberglauben der tasmanischen Mythen beschäftigt.«

»Wenn du nicht daran glaubst, kann es dir auch nicht schaden, wenn du ihn anfasst?«, lachte Chris auf. Mit der offenen linken Hand hielt er Marion den Stein hin. Mit der rechten Hand ergriff er lässig sein Champagnerglas und trank einen großen Schluck. Belustigt beobachtete Chris, dass Marion mit ihrer linken Hand sein Verhalten spiegelt, ihr Bierglas an den Mund führte und einen großen Schluck nahm.

Aber sie ergriff nicht den Stein. »Chris, ich sollte wohl langsam wieder ins Zimmer zu meinem Mann gehen. Schlaf gut, Chris.« Sie trank hastig den Rest ihres Bierglases leer.

Chris spürte plötzlich Verzweiflung. Er brauchte ihre Hingabe - jetzt! Wenn er diese Frau nicht bekommen würde, ginge er daran zu Grunde. Chris spürte noch nicht einmal Liebe oder sexuelle Erregung. Er war süchtig von dieser nichtstofflichen Macht und Unterwerfung der Frau. Er fühlte den Entzug. Es meldete sich mit Zittern, einer inneren Leere, einer absoluten Fixierung auf diesen Gedanken und einem körperlich spürbaren Schmerz im Körper sowie ein unerträgliches

Gefühl des Nichts-Wertseins und Machtlosigkeit. Um wieder normal denken zu können und den unerträglichen Suchtschmerz loswerden zu können, würde er sie notfalls vergewaltigen müssen, schoss es ihm durch den Kopf.

»Marion«, Chris' Stimme zitterte. »Hast du etwa Angst vor diesem harmlosen Stein? Ich habe gedacht, du würdest nicht gleich wegrennen, aus der grundlosen Furcht, dieser einfache Stein könnte dir etwas antun.«

»Ach, Chris, wenn es dir so viel bedeutet, nehme ich ihn kurz in die Hand. Obwohl ich nicht verstehe, warum es dir so wichtig ist und was es dir bringt, wenn ich das tue.« Marion ergriff den Stein aus Chris' Hand und ein kleines Schaudern lief durch ihren Körper. Mit einem schmerzhaften Gesichtsausdruck gab sie ihn Chris zurück.

»Geht es dir nicht gut?«, fragte Chris scheinbar mitfühlend und nutzte die Gelegenheit, seinen rechten Arm um Marions Schultern zu legen.

»Irgendwie ist mir schwindelig. Die Reise war nach all dem Stress zuhause wohl zu anstrengend für mich.«

»Ich bringe dich in das Hotelzimmer«, bot Chris an. Er bezahlte schnell seine und Marions Getränke mit seiner Kreditkarte und führte Marion aus der Bar heraus. Missmutig schauten ihnen einige der anderen Bikermitreisenden hinterher, die auch in der Bar gesessen hatten. Chris, der sich bei diesen teils bewundernden, teils tadelnden Blicken sehr wohl und beneidet fühlte, führte Marion zu dieser späten Stunde vorsichtig zu einem der fünf Aufzüge. Marions Hotelzimmer war zwei Etagen höher. Marion ahnte nicht im Geringsten, in welcher Gefahr sie sich befand. Chris war zu allem bereit, um seine Sucht zu befriedigen.

Marion hingegen fühlte sich erschöpft. »Du, Chris, ich danke dir. Aber den Rest schaffe ich schon alleine. Zur Not drücke ich den Alarmknopf in dem Aufzug«, scherzte Marion kraftlos. Sie begehrte Chris wie nie zuvor, aber sie verachtete ihn auch für sein herzloses Verhalten den anderen Frauen gegenüber. Auf keinen Fall wollte und würde sie ihrem Verlangen nachgeben.

»Ist kein Problem für mich. Ich bringe dich noch bis vor deine Hotelzimmertür und gehe dann brav.« Marion war zu zerrissen, um Chris' gefährlich lauernden Unterton herauszuhören. Marion nickte ergeben. Es waren nur noch ein paar Minuten, bis sie bei ihrem Mann ankäme und die Hotelzimmertür vor Chris schließen würde. Dann sollte er doch mitgehen, wenn er so inständig darauf bestand.

Die Aufzugtür öffnete sich. Chris und Marion stiegen ein. Die Tür schloss sich langsam quietschend. Es war ein großer Aufzug, in dem etwa sieben oder acht Personen mit ihrem Gepäck Platz finden konnten. Oberhalb der Haltestange, die auf Hüfthöhe montiert war, befanden sich Spiegel. Ebenso schmückten hell verkleidete Leuchtstoffröhren die Decke, die ebenfalls zur optischen Vergrößerung des Aufzuges aus einem Spiegel bestand. Der Boden war mit einem grün-beige-gemusterten Teppich ausgelegt.

»Ideal, um sich die Unterwerfung von Marion von allen Seiten ansehen zu können«, freute sich Chris schon. Er bemerkte nicht einmal, dass er soeben im Begriff war, nicht nur in das seelisch Grausame, sondern auch in die Illegalität abzurutschen. Er sah es inzwischen als sein gutes Recht, vor allem den Frauen seine Macht notfalls auch gezwungenermaßen aufzudrücken.

Kaum hatte sich der Fahrstuhl in Gang gesetzt, legte Chris auch schon den Notstoppschalter an dem Bedienfeld im Aufzuginneren um.

»Was soll das?«, frage Marion erschrocken, als der Aufzug ruckartig stehen blieb. Die Türen öffneten sich nicht.

Chris drückte Marion sanft an seine Brust. Er spürte ihren ängstlich stockenden Atem, was sein Blut noch mehr erhitzte. »Marion, jetzt und hier ist unsere einzige Chance auf gemeinsame Nähe. Keiner wird es je erfahren. Lass es zu! Du willst es doch auch.«

Marion stieß ihn zurück. »Nein, ich darf das nicht. Die Schlange auf deinem Stein war kein Schutzgeist, sondern der Teufel, der dich und mich verführen will. Er und du beabsichtigen, mein gut geordnetes und halbwegs glückliches Leben zu zerstören.«

Chris hasste Marions Widerstand. Er konnte und wollte sie jetzt nicht mehr einfach so gehen lassen. »Marion, nun sei doch nicht so spießig. Bist du sicher, dass dein ach so geliebter Mann Peter dir immer treu war?« Chris riss sie nun unsanft an sich, hielt ihren Kopf fest und küsste sie. »Ich will dich jetzt, Marion. Und ich kenne das weibliche Spiel der Frau, die sich anstandshalber ziert, weil es sich so gehört. Die Situation hier im Aufzug erlaubt uns jedoch kein langes Balzritual.«

Chris berührte Marions Brüste über dem T-Shirt und knöpfte dann ihre Hose auf.

»Chris, bitte nicht. Ich verhüte nicht, weil Peter sich sterilisieren ließ. Tu mir das bitte nicht an, eventuell auch noch abtreiben zu müssen«, flehte Marion jetzt. Genauso unterwürfig hatte Chris sie haben wollen.

»Egal, was jetzt hier passiert«, hauchte Chris ihr ins Ohr, »du wirst es niemandem sagen können, wenn du deinen Kindern nicht nachhaltig Kummer und Schaden zufügen möchtest. Auch ich werde daher schweigen.« Chris drohte siegessicher und zerrte Marion ungeduldig die Hose aus. Marion wehrte sich nicht mehr, stolperte aber unsanft gegen die Fahrstuhlwand. Chris zog gerade seine Hosen herunter, als es plötzlich ein wenig tiefer dumpf klopfte.

»Was ist mit dem Fahrstuhl los? Ist da jemand? Alles in Ordnung oder soll ich Hilfe holen?«, hörten sie eine bekannte deutsche Stimme rufen.

»Mist!«, flüsterte Chris. »Wenn du etwas davon erzählst, was hier abgelaufen ist, überzeuge ich deinen Mann davon, dass wir eine Affäre hatten. Nach unserem Abgang in der Bar glaubt mir das jeder.«

»Okay, ich sage nichts«, stammelte Marion.

Chris nickte und rief laut: »Es ist alles in Ordnung. Der Aufzug blieb hier plötzlich stehen und öffnete sich leicht. War wohl ein Kontaktproblem des Aufzugs. Ich drücke die Tür gleich zu und dann fahren wir hoffentlich zum ursprünglichen Zielpunkt im sechsten Stock hoch«, reagierte Chris berechnend.

Er rappelte ein wenig an der Fahrstuhltür, während Marion und er sich schnell anzogen. Dann drückte Chris den Notstoppschalter nach oben und nach einem kurzen Ruckeln setzte sich der Aufzug wieder in Bewegung. Ein paar Sekunden später erreichten sie wie geplant den sechsten Stock des Hotels. Marion stand ordentlich in der Ecke des Fahrstuhls, hatte panisch aufgerissene Augen, sagte aber kein Wort.

Als sich die Aufzugtür öffnete, stand der mitreisende Psychologe Kevin Bauer vor der Tür.

»Alles okay?«, wandte sich Kevin an die offensichtlich noch immer verschreckte Marion.

»Ja, ich habe nur Raumangst«, stotterte sie mit einem ängstlichen Blick auf Chris gerichtet.

»Das haben viele Menschen in einem stecken gebliebenen Fahrstuhl. Atme tief durch, dann geht es bald wieder!«, kümmerte sich der Psychologe Kevin sogleich um Marion.

»Geht schon, danke! Chris hat sich schon um mich gekümmert ...«, brachte sie nahezu stimmlos heraus.

»Ach ja?«, Kevin warf Chris einen ungläubigen Blick zu. »Irgendwie hatte ich befürchtet, dass bei euch heute noch etwas passieren würde«, fügte er hinzu.

»Psychologen halten sich wohl für Hellseher?«, neckte Chris ihn böse.

»Ja, manchmal können wir tatsächlich Zeichen und Verhaltensweisen deuten, fast wie ein Hellseher«, antwortete Kevin mit finsterer Miene.

Blitzartig dachte Chris daran, seine Arroganz mit dem Stein »wegzaubern« zu können und ein folgsames, anhimmelndes Hündchen aus Kevin zu machen. Als aber Marion müde sagte: »Wir sind wohl alle erschöpft nach dieser anstrengenden Rundreise. Gute Nacht!«, entspannte sich die Lage.

»Schlaf gut, Marion. Wenn du noch unter Schock stehen solltest und daher nicht schlafen kannst, melde dich ruhig bei mir. Zimmer 249!«, bot Kevin ihr an. »Wie du weißt, bin ich Psychologe.«

»Marion ist eine starke Frau. Die schafft das sicher. Es ist doch auch nicht wirklich etwas passiert. Träum schön, Marion!«, mischte sich Chris ein. Kevin schaute Chris missbilligend an, aber verschwand dann ohne Abschiedsgruß.

»So ein Profilneurotiker!«, entfuhr es Chris leise. Er hatte längst sein Gefühl dafür verloren, wer der wirkliche »Profilneurotiker« war. Er fühlte sich wie eine Spinne, die so lange ein Netz gewoben und gewartet hatte, bis eine Fliege sich darin verfangen hatte. Und dann befreite irgendein Mensch seine Fliege und entriss ihm sein erobertes Eigentum. Chris fühlte sich hungrig. Er spürte den Entzug seiner Macht über seine Beute entsetzlich deutlich. Das machte ihn wütend, rasend und er würde sich rächen für all die Dinge und Menschen, die eigentlich ihm gehört hatten zu Hause bei seiner Chefin, Carina und Zoe und bei dem so unfair bevorzugten Buchhaltungsmitarbeiter.

Mit diesen Gedanken wiegte sich Chris in seiner letzten Nacht der Tasmanienrundreise in den Schlaf.

Am nächsten Tag war noch eine mehrstündige Motorradtour zum internationalen Flughafen von Hobart geplant. Dort sollten die Leihbikes wieder abgegeben werden und die Reisegruppe würde dann dort ihr Gepäck vom mitfahrenden Transportbully erhalten.

Marion, Kevin und Jana verhielten sich Chris gegenüber sehr distanziert. Zum Abschied erinnerte der Reiseleiter Guido Chris an seinen Jobvorschlag als tasmanischer Reiseleiter: »Danke, Guido. Aber ich muss erst in Deutschland einiges klären. Wenn dein Stellenangebot für mich dann noch interessant ist, rufe ich dich an. Deine Visitenkarte habe ich sicher in meiner Tasche verstaut!«, antwortete Chris hochnäsig. Er war sich sicher, bald unter vielen attraktiven, hoch bezahlten Jobs wählen zu können. Da erschien ihm die Stelle als tasmanischer Reiseleiter erst einmal als nebensächlich. Guido dagegen nickte nur hoffnungsvoll.

Etwas beunruhigt war Chris wegen dem Schlangenstein. Er traute sich nicht, ihn im Handgepäck bei dem langen Flug nach Deutschland mitzunehmen. Die Gefahr, dass er ihm bei der strengen Handgepäckkontrolle weggenommen werden könne, erschien ihm zu hoch. Also hatte er ihn in einer Plastiktüte umwickelt mit vielen Kleidungsstücken in seinen teuren, widerstandsfähigen Koffer untergebracht.

Jetzt, da er den mächtigen Stein daher nicht mehr ständig bei sich trug, wurde Chris immer nervöser. Seine Angst vor Dieben und den Verlust seines Koffers stieg von Viertelstunde zu Viertelstunde.

Der lange Rückflug von Hobart nach Frankfurt mit einem Zwischenstopp dauerte ungefähre 26 Stunden. Obwohl er kürzer als der Hinflug war, empfand Chris die Flugzeit als grausam lange.

Als das Gepäcktransportband in Frankfurt endlich seinen Koffer augenscheinlich unversehrt und ungeöffnet ausspuckte, rannte Chris sofort mit seinem Gepäck in die nächstgelegene Männertoilette. Ungeachtet seiner teuren Kleidung verstreute er hektisch den Kofferinhalt in der kleinen Toilettenkabine auf dem Boden. Endlich hatte er die Plastiktüte gefunden, die aber erstaunlich flach dafür war, dass sich darin ein handtellergroßer Stein befand. Atemlos und mit klopfendem Herzen fasste Chris hinein und konnte keinen kantig-warmen Stein darin erfühlen.

Fieberhaft, sich nur in einem Albtraum hoffend, schüttete er die Tüte über seiner Kleidung auf dem Boden aus. Heraus rieselte Sand, golden-glitzernder Sand.

»Nein«, flüsterte Chris. »Das darf nicht wahr sein.« Tränen rollten aus seinen Augen. Nochmals und nochmals durchsuchte Chris auf dem Boden sitzend den ganzen

Kofferinhalt und jede Tasche, alle Netze und Ecken seines Gepäcks. Chris war klar, dass der mächtige Liebesschlangenstein nicht gestohlen worden war. Wer hätte dann noch Sand in die Tüte geschüttet? Der Stein war zerfallen, einfach so. Chris' Macht war auseinandergebrochen, seine Pläne rannen ihm jetzt unaufhaltsam durch die Finger. Da saß Chris, der machtsüchtige Frauenhasser und weinte verzweifelte, hoffnungslose Tränen in der Männertoilette des Flughafens.

Erst Stunden später konnte Chris mit fiebernden, roten Augen und völlig kraftlos das WC verlassen. Seinen Zug zu seinem Wohnort hatte Chris längst verpasst. Er würde sich also eine neue Karte kaufen, nachhause fahren und dort das Ende seiner Welt erwarten müssen.

Er war ein allmächtiger Gott gewesen und wurde nun wieder zum zertretbaren Würmchen. Apathisch erreichte er elf Stunden später mitten in der Nacht seine Wohnung in Deutschland. Er leerte wie ein Roboter seinen Briefkasten und setzte sich mit den sieben Briefen auf seine Couch. Langsam öffnete er die beiden Briefe von seiner Arbeitsstelle. Der Erste war eine Abmahnung wegen unentschuldigten Fehlbleibens von der Arbeit, der Zweite enthielt die fristlose Kündigung. Chris schaute sich seelenruhig und innerlich erstarrt die Kündigung und den Zerfall seines ganzen Lebens an.

Weiterhin hatte ihm auch seine Bank geschrieben, dass sein Konto über seinen Dispositionskredit hinaus überzogen hatte und er sich daher sofort melden sollte. Ein Blick auf seinen Kontostand bewies ihm, dass er erschreckenderweise um die 10.000,00 Euro in Tasmanien für Essen, Trinken, Alkohol, Bezahlung der Reise, Tanken des Motorrades und Geschenke ausgegeben hatte. Das war eindeutig zu viel für einen einfachen Sachbearbeiter.

Chris" Auslandskrankenversicherung verweigerte zudem im nächsten Brief die Übernahme der Arzt- und Krankenhauskosten in Tasmanien, da Chris nach Aussage des tasmanischen Arztes den gefährlichen Schlangenbiss trotz vorheriger ausdrücklicher Warnung vor den gefährlichen Tieren selbstverschuldet provoziert hatte. Es handle sich somit um ein grob fahrlässiges Verhalten des Versicherungsnehmers. Chris ahnte schmerzhaft, dass ein Einspruch vermutlich langwierig, kostspielig und wenig erfolgsversprechend war.

Der Rest der Briefe enthielt eine normale Telefon- sowie Zeitungsrechnung und Werbung.

Chris rechnete seine Schulden zusammen. Hinzu kamen die laufenden Kosten während der zwölfwöchigen Sperre nach einer selbstverschuldeten Kündigung, bis er frühestens Arbeitslosengeld erhalten würde. Als Chris seine Ersparnisse dagegen rechnete, war ihm als Controller sofort klar, dass er finanziell am Ende war. Er war arbeitslos, hatte keine Ersparnisse nach Zahlung dieser Rechnungen und außer Benny keine Freunde. Chris war in Australien ein Gott gewesen und nun mit Blitz und Donner vom Olymp gefallen. Chris hatte sich für unantastbar und unfehlbar gehalten und gleichzeitig als Richter und Vollzugsbeamter über die Frauen gefühlt. Der Stein der Macht hatte ihm all das ermöglicht und ihm all das wieder genommen. Chris hatte durch seine Manipulierfähigkeit die Achtung vor den Menschen verloren. Ihr Kummer und ihr Schmerz waren für ihn zunehmend lächerliche Schwächen geworden. Chris hatte vergessen, wie ein normaler freundschaftsfördernder und respektvoller Umgang mit seiner eigenen Gattung gepflegt werden musste.

Chris fühle sich unendlich alleine. Er hatte vom Rausch der Macht gekostet und seine Handlungen sowie Entscheidungen davon abhängig gemacht. Nun war er plötzlich machtloser als je zuvor, ein Bittsteller und Abhängiger in Deutschland. Er hatte eine ohnmächtige Wut auf den Stein, der ihm zu dem Bettler und baldigen Obdachlosen gemacht hatte.

Aber es gab eine Lösung. Klar, es durfte noch nicht vorbei sein. Er musste einfach nur nach Tasmanien zurückfahren und einen ähnlich machtvollen Fund entdecken. Es schien Chris unmöglich, dass es nur einen einzigen mächtigen Gegenstand dort geben und gerade er ihn gefunden haben sollte. Es müsste bestimmt noch ein anderer zu finden sein.

Um das Flugticket und die Unterkunft in Tasmanien zumindest erst einmal vorübergehend zahlen zu können, benötigte Chris jedoch einen Job. Und genau den würde er von Guido bekommen. Chris schöpfte neue Hoffnung, zumal er sich nicht vorstellen konnte, nicht wieder so ein Glück mit solch einem machtvollen Fund haben zu können. Er war als übergestellter, allmächtiger Mensch geboren und dies hatten die Totemgeister der Aborigines wohl schon einmal richtig erkannt. Sie hatten ihm das gegeben, wofür Chris geboren war. Sie würden es Chris mit Sicherheit auch noch einmal geben: einen Macht ausübenden Gegenstand.

Schnell rechnete Chris durch, dass es in Tasmanien durch die Zeitverschiebung von acht Stunden somit früher Vormittag sein müsste. Chris eilte zu seinem Telefon und suchte gleichzeitig in einer Jackentasche nach der Visitenkarte, die ihm Guido noch kurz vor dem Abschied zugesteckt hatte.

Als Chris sein Telefon erreichte und in der linken Hand Guidos Visitenkarte hielt, entdeckte er das Blinken eines roten

Lämpchens an seinem Anrufbeantworter. Ein Blick auf das Display verriet ihm, dass er zwei Anrufer verpasst hatte, die während seiner Reise Nachrichten hinterlassen hatten.

Uninteressiert drückte Chris auf den Wiedergabeknopf seines Anrufbeantworters.

Die erste Nachricht stammte von seinem Freund Benny: »Hey Kumpel. Ich hoffe, dir geht es gut. Nach dem Telefonat während deiner Australientour habe ich mir Sorgen gemacht. Nachdem du davon gesprochen hattest, Frauen fertigzumachen, wusste ich, dass du die Trennung von deiner letzten Perle noch nicht überwunden hast. Mach bloß keinen Mist. Das sind die meisten Frauen doch gar nicht Wert. Ruf mich an, wenn du zurück bist, Chris. Dann können wir beide Mal wieder einen trinken gehen und quatschen.« Bennys Stimme klang stockend und ein wenig zu gewollt locker. Man spürte deutlich seine Sorgen in seinen Worten.

»Benny hat doch keine Ahnung, was in mir vorgeht. Er lebte immer auf der Sonnenseite des Lebens und bekam immer die tollsten Frauen. Ich brauche sein Mitleid nicht.« Wütend löschte Chris diese Nachricht.

Chris erschrak, als er beim Abhören der zweiten aufgezeichneten Nachricht nicht wie vermutet erneut Bennys, sondern Carinas Stimme erkannte. Sie war so vertraut und löste dennoch so viel Verzweiflung, Wut und Unverständnis in ihm aus.

»Hallo, Chris!«, begann seine ehemalige Verlobte langsam. »Benny hat mich angerufen, weil er sich Sorgen um dich macht. Er sagt, du würdest schwer mit unserer Trennung zurechtkommen und könntest noch immer nicht verstehen, warum ich die Verlobung gelöst habe. Chris, es gab Gründe, auch wenn du ein anständiger, netter und liebenswerter Mann bist. Ich würde mich gerne mal mit dir treffen und erkläre dir dann alles, denn die

Trennung hat im Grunde wenig mit dir zu tun. Wenn du willst ...!«

Chris stoppte das Abspielen der Nachricht. »Womit denn sonst, liebe Carina? Du willst mir doch wohl nicht erzählen, dass ich zu gut für dich war oder du dich plötzlich verändert hast oder dein neuer Freund ein Mafiaangehöriger ist, der dich erpresste. Das übliche Frauenblabla...« Chris löschte entschlossen auch diese Nachricht. Er wollte nur noch seine demütigende Vergangenheit vergessen.

Chris nahm entschlossener als je zuvor das schnurlose Telefon mit und ließ sich schwerfällig auf seine braune Ledercouch fallen. Er wählte ruhig Guidos Handynummer in Australien: »Hi, this is Guido Nürnberg«, meldete sich der Reiseleiter.

»Hallo, Hier ist Chris.«

»Hallo, Chris.« Guidos Stimme wirkte plötzlich kalt.

»Ich wollte auf dein Jobangebot zurückkommen. Die Tasmanienreise hat mir sehr gut gefallen und ich würde gerne auch anderen Touristen diese interessante, mystische Insel zeigen.« Chris hatte damit gerechnet, dass Guido seine Zusage hocherfreut annehmen und ihn gleich überreden würde, sofort zu beginnen.

Stattdessen herrschte eine längere Stille, bevor sich Guido räusperte: »Tja, weißt du, Chris, ganz so einfach geht das nicht. Ich hatte dir angeboten, für dich beim Reiseveranstalter ein gutes Wort einzulegen. Aber die letzte Entscheidung liegt bei meinem Chef und der hat gerade einen neuen deutschsprachigen Touristenführer eingestellt. Ich glaube nicht, dass momentan noch ein Job frei ist.«

Chris glaubte kaum, was er da hörte. »Aber nach deinem Reden habe ich angenommen, du könntest mir den Job beschaffen. Du hieltest mich doch für perfekt geeignet und wir waren gute Kumpel.«

»Ja, Chris. Ich muss zugeben, ich habe mir und dir vorgemacht, ich hätte die Macht, dir eine Arbeit als Reiseführer zu verschaffen. Ich kann es aber nicht. Bewirb dich beim Reiseveranstalter und wir werden sehen, ob er dich nimmt.«

»Guido, ich darf dich doch als Referenz bei meiner Bewerbung angeben?«

Erst herrschte Stille, dann kam ein Räuspern. »Chris, du hast unsere Reisegruppe ziemlich durcheinandergebracht und einigen Leuten die Reise gründlich verdorben. Nein, ich kann leider nicht für dich sprechen, sorry!« Guido legte ohne Abschiedsgruß auf.

Chris blieb wie versteinert sitzen und hörte dem Tüt-Tüt-Tüt im Telefon zu. Somit hatte der Stein mit seinem Verfall auch seine Wirkung auf Marion, Jana und Linda verloren. Sie alle würden ihn jetzt nur noch hassen und vielleicht Rache an ihm üben wollen, was er gut verstehen könnte.

Nach einer ganzen Weile legte Chris das Telefon zur Seite und ging zu seinem PC. Er schaltete ihn an und suchte, nachdem der Computer hochgefahren war, im Internet nach einer 14-tägigen Reise nach Hobart. Von dort aus wollte er sich einen Wagen mieten, wieder in den Mount-Field-Nationalpark fahren, in dem er seinen Liebesschlangenstein gefunden hatte. Sein Plan war, dort nach einem anderen machtvollen, mystischen Gegenstand zu suchen und dann in Australien zu bleiben. Mit solch einem magischen Gegenstand hatte er sicherlich eine gute Chance bei dem Reiseveranstalter, wenn er diesen Zauber dann geschickt nützen würde. Vielleicht fände er sogar zwei mystische Gegenstände oder mit ihm eine reiche tasmanische Frau.

Chris hatte schnell eine Reise nach Hobart mit Hotelübernachtung gefunden. Sie war für sein leeres Bankkonto zwar viel zu teuer, aber das störte Chris nicht. Er konnte in Deutschland alles verkaufen, was er besaß. Für ihn gab es ohnehin nur noch alles oder nichts. Chris würde in Tasmanien durch ein giftiges Tier umkommen, wegen Überhitzung oder Hunger sterben oder aber er fand das noch einmal, was er suchte. Und auch dann würde er nicht nach Deutschland zurückkehren, denn er wollte nicht noch einmal den Verlust seines magischen Gegenstandes riskieren.

So buchte Chris diese Reise nach Tasmanien, ohne sich auch diesmal wirklich über die Konsequenzen im Klaren zu sein. Dieser Reiseveranstalter kümmerte sich ebenfalls um das nötige Touristenvisum und Chris war sich sicher, dass diesmal alles funktionieren würde. Die Reise sollte eine Woche später beginnen.

Das genügte Chris, um über Secondhandläden, An- und Verkaufsstellen sowie Internetportalen und Zeitungsinserate einen Großteil seines wertvollen Hausinventars zu Geld zu machen. Die

Einnahmen reichten für die Reise und den Mietwagen. Das restliche Geld würde er für Wasser und Essen benötigen, wenn er dann im tasmanischen Nationalpark suchte.

Nachdem Chris auf diese Weise seine Wohnungseinrichtung vollständig verkauft hatte, fuhr er eine Woche später, ohne seine Wohnung gekündigt zu haben, erneut zum Frankfurter Flughafen. Seine Stimmung bestand nicht, wie vor drei Wochen aus freudiger Erwartung. Diesmal spürte Chris einen immensen Druck in sich. Diesmal ging es um alles für ihn, um sein gesamtes zukünftiges Leben, um Armut oder Macht. Er musste noch einen magischen Machtgegenstand finden, sonst war er selbstmordreif.

Chris erreichte nach stundenlangem Flug mit Zwischenlandungen Hobarts internationalen Flughafen am Morgen tasmanischer Zeit. Am Flughafen wurde Chris durch einen Transferbus des Reiseveranstalters zum Hotel in Hobart, der tasmanischen Hauptstadt, gebracht. Chris nahm seinen Zimmerschlüssel entgegen, warf sein Gepäck auf das Bett, räumte Handschuhe, ein Schäufelchen und einen Borstenpinsel heraus und begab sich auf den Weg nach einem Autoverleih. Mit Hilfe der Rezeption fand er eine Autovermietung in der Nähe des Hotels. Auf der Fahrt zum Mount-Field-Nationalpark hielt Chris noch an einem Lebensmittelgeschäft an und kaufte Getränke sowie Brot. Sein Handeln erschien ihm immer unwirklicher. Manchmal glaubte er, als würde er deutsche Stimmen neben ihm hören. Chris beachtete sie nicht weiter. Wenn er den rettenden Gegenstand nicht finden würde, war es ihm egal, ob er als Wahnsinniger an Durst oder Tiergift sterben würde oder als klar denkender Versager.

So fuhr Chris bangend zum Park, in dem er vor etwa einem Monat den magischen Stein gefunden hatte.

Beim Betreten des Nationalparks kam Verzweiflung in Chris hoch. Wie sollte er in 14 Tagen hier einen womöglich noch kleineren versteckten mystischen Gegenstand

als den Stein finden?

Chris ging mit einer Touristengruppe hinein und begleitete sie eine Weile. Ihn nervten die Ausführungen des Parkführers über die vielfältige Vegetation und Tierwelt sowie über die fantastischen Sagen der Aborigines. Dies alles hatte ihn betrogen und sein Leben und letztlich den Weg zu Wohlstand, Anerkennung und Frauen genommen. Tasmanien war für Chris eine Mogelpackung, eine Lüge, ein Betrug.

An einer Lichtung mit vielen Steinen, Erdlöchern und unebenem Boden trennte sich Chris heimlich von der Gruppe. Er wollte seine Suche nach einem magischen Fund an dieser Stelle beginnen. Chris zog seine Handschuhe in der Hoffnung an, sie würden einen erneuten Schlangen- und Spinnenbiss verhindern oder abhalten können.

Daraufhin suchte er stundenlang unter Steinen, in Erdlöchern und an allen Orten, die als Versteck hätten dienen können, nach mystischen Gegenständen.

Erschöpft und mit Rückenschmerzen verließ Chris am Abend erfolglos den Nationalpark.

An den nächsten Tagen suchte er an anderen Orten im Park, aber kam abends immer entmutigter und verstörter in das Hotel zurück. Nachdem Chris auch nach einer Woche noch nichts Ungewöhnliches, Mystisches, Bemaltes, Bearbeitetes oder Verstecktes gefunden hatte, was ihm erneute Macht verleihen könnte, zog er zur Suche nicht einmal mehr seine Handschuhe an. Für Chris stand fest, dass er entweder nochmals solch einen mächtigen Gegenstand finden müsste oder aber er würde keinerlei finanzielle Mittel oder Aussicht auf einen Job in Tasmanien haben. Eine Rückkehr nach Deutschland erschien ihm jedoch auch unmöglich, nachdem er dort keine Wohnungsmiete mehr zahlte, und nur noch ein leeres Konto, eine gekündigte Stelle und eine zwangsgeräumte Wohnung vorfinden würde. Dann wäre ein giftiger Biss nicht die schlechteste Lösung.

Sein Hotelzimmer war noch eine Woche gebucht und danach würde Chris auch den Mietwagen zurückgeben, im Park bleiben und dort auch übernachten müssen. Dann wäre ein Angriff eines gefährlichen Tieres ohnehin nur noch eine Frage der Zeit.

Zudem hoffte Chris, dass sich die magischen Gegenstände eher finden lassen würden, wenn er sie mit seiner Haut oder deren Wärme suchte. Damals hatte der Stein auf Chris' Blut deutlich mit Vibrieren reagiert. Diese Totems brauchten demnach die Nähe zu Menschen.

Aber Chris fand nichts. Er hielt es nahezu für unmöglich, dass es nur ein einziger mystische Stein im ganzen Nationalpark versteckt worden war. Wenn es noch andere gab, und da war sich Chris ganz sicher, wo waren sie bloß versteckt? Oder könnte es tatsächlich sein, dass er die anderen Gegenstände nicht fand, weil sie nicht für ihn bestimmt waren, weil sein Totemtier nicht mit ihnen übereinstimmte, der Schutzgeist nicht zuständig für Chris war? Mit seinem lückenhaften Halbwissen versuchte er, seinen glücklichen Fund vor drei Wochen und seine jetzige erfolglose Suche zu erklären und zu verstehen.

Bis zum letzten Tag hatte Chris immer noch kein Glück. Die letzte Nacht im gebuchten Hotelzimmer stand ihm bevor. Ohne einen helfenden mächtigen Gegenstand könnte er auch in Tasmanien nichts erreichen, zumal sein Touristenvisum am morgigen Tag ebenfalls auslief. Dann galt er ein illegaler

Ausländer in Tasmanien. Was war aus ihm nur geworden? Er hatte alles verloren wegen der Frauen, die ihn dazu gebracht hatten, so krankhaft zu handeln: Carina, Zoe, seine Ex-Chefin und einige mehr in seiner Vergangenheit. Er hasste die Frauen. Aber noch mehr verfluchte er seine Ausweglosigkeit. Nun war ihm klar, dass seine Verdammnis nach dem Tod sicher war. Er würde an seiner Armut sterben und käme dann in die ewige Hölle. Hatte sich das alles für ein wenig Genugtuung und Rache gelohnt? Chris ahnte, dass er einer Sucht, angetrieben von Rache und Machtgier, verfallen war, und verfluchte sich, die Reise und ebenso seine bösartigen Gedanken.

Chris hatte jedoch keine Wahl mehr. Er wurde getrieben, hatte sich selbst alles zerstört. Er kniete auf dem Boden und verbeugte sich vor dem Land. »Liebes Tasmanien, Du bist ein gutes Land mit Ureinwohnern, die dich zu schätzen wussten. Mich hast du mit einem großen Geschenk reich beschert. Aber du hast es mir auch wieder genommen. Warum? Bitte, gib mir noch einmal ein solches Geschenk und ich werde es hüten und beschützen.« Chris rollten Tränen über die Wangen. Er war so endlos verzweifelt, dass er schon ein Land anbetete und anbettelte.

Er schluckte, denn er wusste, dass er noch etwas versprechen musste, womöglich das Wichtigste. »Okay, tasmanisches Land. Ich schwöre, niemanden mehr mit deinem Geschenk unglücklich zu machen.«

Chris kniete weiterhin auf dem Boden, den Kopf zur Erde gebeugt, die Hände gefaltet. Tränen tropften auf den Boden. Die Sonne brannte heiß auf seinem Kopf. Der Rücken, die trockenen Hände und der leere Magen schmerzten.

»Liebes tasmanische Land, ich weiß, mein Verhalten mit dem Stein war sehr schlecht. Ich habe ihn für meine Rache an Frauen genutzt, anstatt es für gute Dinge zu verwenden. Lass es dir erklären: Mir ging es in der Vergangenheit sehr schlecht, nachdem mich mehrere Frauen übelst verletzt hatten. Ich habe den magischen Schlangenstein ausgenutzt, damit es mir besser geht und ich den Schmerz endlich vergessen kann. Ich habe nette Frauen, wie Jana, unfair behandelt, und kann nur von Glück reden, dass ich es mit Marion nicht noch schlimmer getrieben habe. Ich bedaure das alles zutiefst und würde mich nicht mehr so verhalten. Ich habe daraus gelernt und bitte dich nochmals um eine Chance.«

Plötzlich hörte Chris hinter sich ein Räuspern. Einen Moment hoffte Chris, diese Person würde ihn einfach nur erschlagen und somit diesem Wahnsinn ein Ende bereiten. Doch nichts passierte. Nach ein paar Minuten drehte sich Chris langsam um. Ein älterer Aborigine saß auf einem großen Stein hinter ihm. Er war spärlich bekleidet, aber strömte menschliche Wärme, Vertrauen und Weisheit aus.

»Hey, Chris«, lächelte er ihn an.

»Wieso kennt er meinen Namen?«, erschrak sich Chris.

»Ich habe dein Gebet gehört«, sprach der Nachkomme der tasmanischen Ureinwohner mit ruhiger, dunkler Stimme.

»Sie sprechen Deutsch?«, fragte Chris ungläubig.

»Ich beherrsche so einige Sprachen«, lächelte der Mann, ohne näher zu erläutern, weshalb er so vielsprachig war.

»Wie lange sind Sie schon hier?«, fragte Chris.

»Seit du dich dem Land unterworfen hast.«

»So schnell konnten Sie kommen? Wohnen Sie hier?«

»Sozusagen.«

»Dann bitte sagen Sie mir, ob es noch andere Gegenstände hier gibt, die einen besonderen Zauber ausüben können«, bettelte Chris.

»Für dich gibt es keine solchen Gegenstände mehr in Tasmanien. Du hast einen Liebesschlangenstein dazu missbraucht, Rache, Schmerz und Verderben für dich und andere zu bringen. Zudem hat er die unstillbare Sucht nach Macht in dir ausgelöst. Du kannst offensichtlich nicht mit unseren Totems umgehen.«

»Deswegen ist er auf dem Flug nach Deutschland zerfallen?«

»So ein mystisches Totem gehört nur in unser Land, nicht nach Deutschland oder woandershin. Hier hat es seine Wurzeln und seine Vorfahren.«

Chris hatte sich einen Moment gefragt, ob er nun an Wahnvorstellungen litt. Er war jedoch inzwischen bereit, alles zu glauben und anzunehmen, was ihn in diesem mystischen Land geboten wurde. Daher vertraute er den Aussagen dieses vertrauenserweckenden

Mannes und fragte: »Würden die einzelnen Körner meines zerbröselten Steines hier wieder zu diesem Schlangenstein werden?«

»Nein, Chris. Es war vorbei, denn du hast diesen Stein nicht verdient.«

»Ich verspreche, ich würde alles besser machen, wenn ich noch einmal die Chance dazu hätte. Können Sie mir nicht helfen, bitte! Ich weiß nicht mehr weiter.« Chris kniete jetzt vor diesem weisen Mann und bettelte ihn an.

»Du willst eine neue Chance in deinem Leben?«

»Ja, ich würde alles dafür geben.«

Der Aborigine holte tief Luft: »Ja, diesen Neuanfang kann ich dir gewähren. Nutze ihn weise. Eine dritte Chance wird es nicht geben.«

Chris nickte und spürte sogleich einen starken Schwindel. Um ihn herum wurde es

schwarz.

Als er wieder zu sich kam, hörte er ein Piepsen im Hintergrund und eine weibliche Stimme sagte: »Endlich kommt er zu sich. Ein drittes Mal hätten wir ihm diese Mittel nicht mehr geben dürfen.«

Chris wolle seine Augen öffnen, aber es fiel ihm unendlich schwer. Die Augenlider schienen kraftlos und aus Blei zu sein.

»Chris Daragh, hören Sie mich?« Chris erschrak. Diese Frauenstimme kam ihm sehr bekannt vor. Er bemühte sich nochmal und bekam das linke Auge einen Spalt weit auf. Erst war sein Bild ganz verschwommen, aber es wurde nach und nach schärfer. Das Gesicht der Frau bekam Züge und Chris erschrak: Es war Jana von der Tasmanienrundreise.

»Was ist passiert?«, wollte Chris fragen, aber sein Mund war genauso steif, wie seine Augenlider.

»Sie sind im Büro an ihrer Arbeitsstelle zusammengebrochen. Sie haben zu wenig auf sich geachtet, zu viel Kaffee getrunken und Sie sind völlig überarbeitet. Der Zeitstress und

Druck Ihrer Chefin hat Ihnen dann den Rest gegeben. Sie sind in ein Koma gefallen, während Sie mit Ihrem Freund telefonierten. Er hat dann zum Glück sofort den Notarzt gerufen und uns so einiges über Sie erzählt.«

»Wie lange bin ich im Koma gewesen?« Langsam klappte das Sprechen, wenn Chris auch noch sehr nuschelte.

»Heute ist der 38. Tag. Sie sind daher jetzt sehr geschwächt.« Janas Augen blickten ihn warm an. Kein Schimmer von Hass, Wut oder Enttäuschung war zu bemerken. Konnte es sein, dass er alles nur im Koma geträumt hatte? Ein Schreck und gleichzeitig Freude durchfuhr ihn. Das war ein Neuanfang, wenn Chris ihn sich auch anders vorgestellt hatte.

»Werde ich einen Schaden davontragen?«, fragte Chris mühsam.

»Nein, es wird alles wieder werden wie vorher. Aber es dauert eine Weile. Die Zeit können sie nutzen, um ihr Leben zu überdenken. Ein bisschen was sollten sie vermutlich schon ändern, um nicht nochmal zusammenzuklappen.« Jana zwinkerte ihm zu.

Chris erschrak und fragte: »Kennen wir uns nicht, Jana?«

»Ja, ich bin Schwester Jana. Das haben Sie wohl während des Komas mitbekommen? Wir werden noch eine Zeit lang hier miteinander zu tun haben, bis wir Sie entlassen können.« Janas Augen strahlen Wärme und Mitgefühl aus.

Chris bedauerte, was er ihr in Tasmanien angetan hatte. Er empfand sehr viel Vertrauen und Wärme für sie. Jetzt war er auf ihre Hilfe angewiesen und konnte nur hoffen, dass sie sich nicht rächte.

»Haben wir uns außerhalb des Krankenhauses nicht mal getroffen?«, bohrte Chris weiter.

Jana lachte auf: »Das wäre durchaus möglich. Aber nun seien Sie erst einmal dankbar für Ihr großes Glück.« Chris nickte.

Während Schwester Jana irgendwelche Zahlen in seine Patientenakte schrieb, beobachtete

Chris sie genau. Er spürte keinerlei Hass mehr, sondern Zuneigung. Sie bemerkte seinen Blick und fragte mit weicher Stimme: »Sind Sie gläubig?«

Chris nickte nur leicht, denn mehr ließ sein geschwächter Zustand nicht zu. »Es gibt viele magische Dinge im Leben, an die man glauben sollte.«

»Ja, das sehe ich inzwischen auch so«, stimmte Jana zu. »Ich würde dann an Ihrer Stelle dem weisen, alten Mann dort oben«, und Jana zeigte zur Zimmerdecke, »dafür danken, dass er Ihnen die zweite Chance gegeben hat. Ich denke, wir wissen beide, wen ich meine.«

Chris stöhnte verwirrt auf. Wen meinte Jana denn bloß mit dem »weisen, alten Mann«, den sie beide kannten. Die Traumreise im Koma war so real gewesen.

»Ich kenne deine Stimme gut, Jana. Und...«, Chris stockte. Es war zu bizarr, es auszusprechen, aber er hatte während der

Reise auch teilweise mitbekommen, was sie gedacht hatte. War Chris vielleicht dem Tod näher, als man ihm jetzt glauben machen wollte. Hatte er daher mehr mitbekommen, als ein »einfacher« Komapatient. Hatte er in seiner Nahtotzeit Janas Gedanken lesen können?

Jana lachte amüsiert auf: »Klar, kennen Sie meine Stimme. Ich habe Ihnen häufig aus einem Buch vorgelesen.«

»Buch? Welches denn?«

»Es liegt auf ihrem Nachttischschränkchen. Ich wollte dieses Buch immer schon mal lesen und hoffe, Ihren Geschmack auch ein wenig damit getroffen zu haben. Nach Feierabend saß ich oft eine Stunde bei Ihnen gesessen und las das Buch laut vor. Ich habe gehört, dass es heilsam für Komapatienten ist, die Stimme eines Menschen zu hören. Es fehlen nur noch fünf Seiten des Romans.«

Chris reckte sich, um den Titel auf dem Buchrücken lesen zu können, aber seine Sicht war noch zu verschwommen.

»Hey, Sie sollen sich nicht anstrengen.« Jana nahm das Buch in die Hand und las den Titel, mit der ihm bekannten weichen, lauten Stimme vor: »Großes Glück und Leid in Tasmanien.«